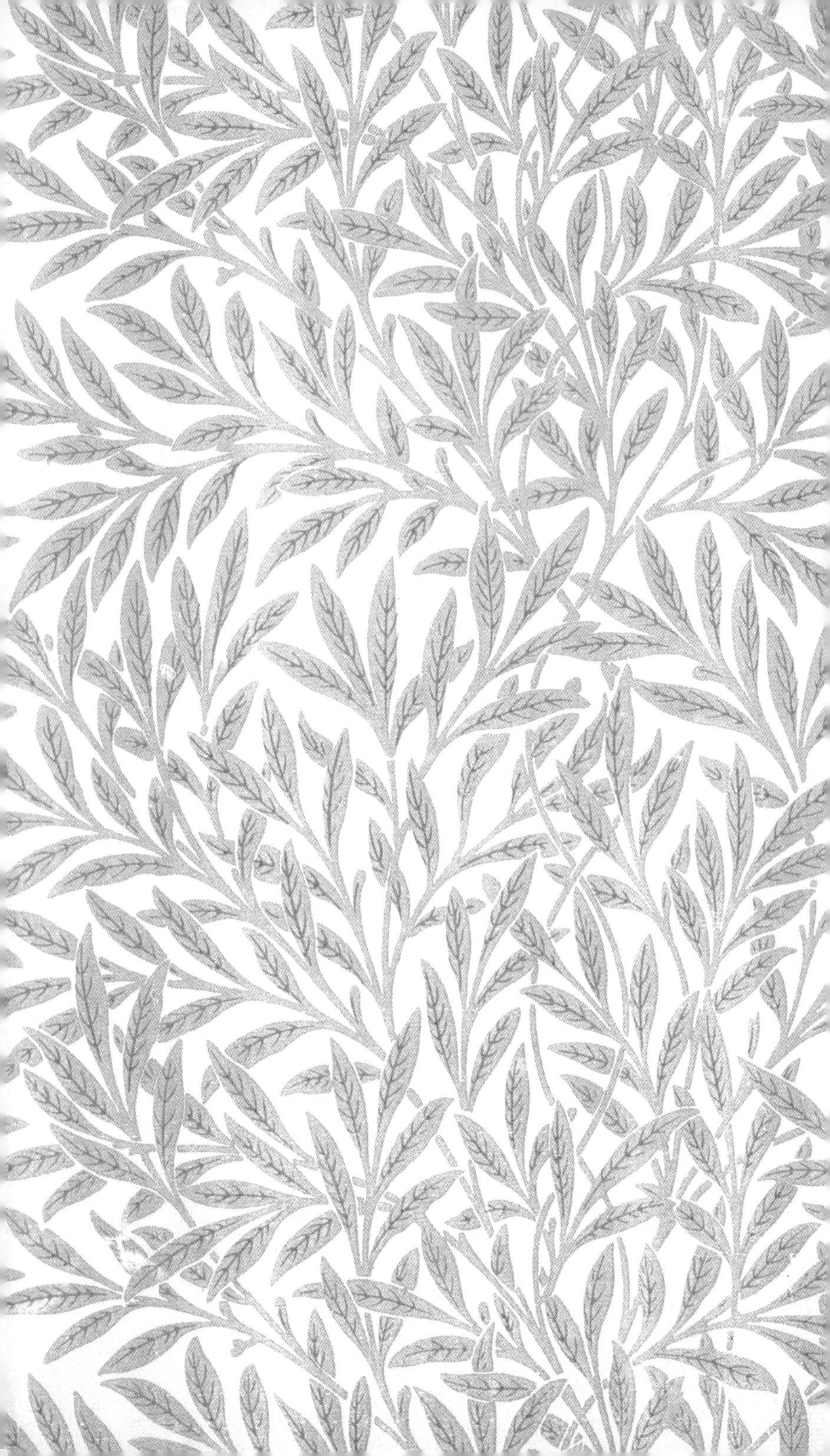

左起：夏志清、夏元瑜、何凡（夏承楹）三位姓夏的好朋友

與親家莊嚴（左一）及林海音合影

與老友、老夥伴、語文大師何容先生攝於臺北中正紀念堂（1980年）

每天要閱讀十幾份
中、英文報紙

與林良（右）不但是工作上好夥伴，也是打桌球
的好拍檔（1987年）

與林海音在「何凡文集」新書發表會上（1990年，王信攝影）

六百萬字的「何凡文集」由林海音主編，純文學出版社出版（1990年，莊靈攝影）

李國鼎先生（左）是何凡的忠實讀者，經常提供他寫作資料（1990年，王信攝影）

獲國家文藝獎特別貢獻獎，由當時行政院長郝柏村先生頒獎（1991年）

何凡八十歲生日，與林海音結婚五十周年，共切蛋糕（1989年）

右起：長女祖美、次女祖麗、林海音、么女祖葳、何凡、媳龔明祺（1991年）

與林海音（中）及姪女夏祖芳回到北京師大附小（1992年）

到美國觀賞世界杯足球賽，在孫夏澤龍的畢業典禮上，左為子夏祖焯（1994年）

林海音的《城南舊事》圖繪本獲得最佳圖書獎，
何凡與她合攝於頒獎會場（1995年）

何凡（左二）在女兒夏祖麗（左三）寫的「從城
南走來——林海音傳」新書發表會上（2000年）

三民叢刊 243

何其平凡

——何凡散文

何凡 著

三民書局印行

淡泊名利、樹立典型

孫震

何凡先生要我為他的散文集《何其平凡》寫序，我覺得是一項榮譽，未經謙辭便欣然同意。

本名夏承楹的何凡先生寫作逾一甲子，自民國三十七年渡海來台，筆耕不輟，也已經五十多年。他主要的寫作工程，在《聯合報》副刊的專欄「玻璃墊上」，從四十二年十二月一日到七十三年七月十二日，共發表了五千五百餘篇，五百多萬字；平均每月十五篇左右，每篇平均將近一千字。他的讀者遍及海內外，早期尚在學生時期的青少年讀者，如今應多已進入高年。

我和何凡先生從未正式認識，不過何凡先生應會合理想到，我也是他長期的讀者。

我不僅是何凡先生的讀者，而且是他的夫人林海音女士的讀者。我還記得四十多年前初讀她的《城南舊事》，隨了聰慧、善良、滿懷同情心和好奇心的小英子，回到她北京童年記憶時的感動。當「爸爸的花兒落了」，十三歲的英子提前結束了童年的美夢，勇敢擔負起家庭的責任，照顧寡母，帶領弟妹，在艱難中奮力向上。

然而如果不是煥文先生英年早逝，林海音念完初中以後應會繼續念高中，升大學；可能不會去讀世界新專，不會到世界日報工作，因而也不會認識何凡，並且共用一張辦公桌，成就了一段美好姻緣。

何凡先生具備一切令人羨慕的條件。他出身書香家庭，小時候讀北平師範大學附屬小學，由於成績優良，一路保送附中初中、高中，直升北師大外國語文系。他學兼中西，多才多藝。他是溜冰健將，排球高手，又擅長吹口琴，而且都有很高的造詣。他一生提倡運動，並且身體力行，運動也是他筆下的重要題材。

他們來到臺灣後，何凡先生應邀到《國語日報》工作，先後擔任編輯、總編輯、社長、發行人，一直到民國八十年七月退休。在這一段時期，他還擔任過《文星》雜誌創刊初期的主編，後來又擔任了十年《聯合報》主筆。他白天在報社工作，晚上回家還要寫文章。看起來《國語日報》似乎是他的主業，寫文章是副業。然而單就他為聯副寫「玻璃墊上」的三十多年而言，正如何凡先生自己在他民國七十九年出版的《何凡文集》序言中所說：「在這三十餘年的寫作期間，除了出國停筆外，因病不能交稿者不過一、二次……。」林海音在同書的〈編後記〉中也說：「今年是他八十歲，也是我們結婚的五十週年，我們的寫作興趣並不因年齡而衰退。在臺灣的四十多年，看他每天埋首書案振筆疾書，成了我們一家的習見景象。」其實寫作不是何凡先生的副業，也不是他的兼業，而是他畢生的志業。他學殖深厚，閱讀廣泛，勤於吸收新知，精練為源源不絕的文字，貢獻於我們社會的進步。

我常想何凡先生何其幸運，有林海音女士承擔了一切家庭中大大小小的事務，使他可以專心寫作。海音女士總是將丈夫放在第一優先的地位。夏祖麗在為母親所寫的《林海音傳》中有這樣一段感人的文字：

多少年來，不論搬到什麼地方，母親永遠把家裡最好的一間房留給父親做書

> 房，她自己用較小的房間。我們小時候，人口多，房子小，父親有間「三疊室」做書房，母親卻在人來人往的長廊盡頭擺張書桌就行了。

祖麗還說，何凡先生挑食：

> 家裡吃韭菜餡兒餃子時，她一定包一些白菜的給父親，而且先下鍋煮了給他吃，吃涮羊肉時，她一定先為父親涮一些豬肉片、白菜、粉絲，給他弄好一大碗，然後鬆口氣說：「好了，你爸爸那碗弄好了，咱們下羊肉吃吧！」

林海音女士育有三女一男，相夫教子並非輕鬆的工作，然而繁重的家務並未限制她在文學上的成就。她創作豐富，是一位成功的文學家。她擔任聯副主編十年，發掘並鼓勵了很多後起的作家，為文壇培育人才。她創辦《純文學》月刊，自任發行人和主編。她成立「純文學出版社」，出版好書無數，讓很多人的心血結晶，甚至血淚結晶，得以流傳人間。她熱心、好客、樂於助人。「夏府的客廳是臺灣文壇的一半。」我雖然從來沒有機會到夏府做客，但我從夏祖麗《林海音傳》的一些照片中，看到很多熟悉的朋友，好像自己也置身在若干文壇雅集之中。

要想為何凡先生逾千萬言的作品作一總論，超過了我的能力，也不是我的任務，何況他寫作的範圍極廣，而我讀過的只是其中的一部分。不過「詩三百，一言以蔽之，曰，思無邪！」我覺得何凡先生主要的關心，在於我國現代化過程中政府和人民在知識上、觀念上和態度上應有的革新。他觀察社會，糾正偏失，批惡揚善，鼓勵上進，希望有助於社會的進步與生活品質的提升。

這本《何其平凡》收集了何凡先生三十一篇散文，其中三十篇都是《何凡文集》出版以後發表的作品，只有〈運動最「補」〉一文原發表於民國六十六年四月，看似拿來作為本書〈運動篇〉的導言。全書共分四篇，即〈浮生篇〉、〈友情親情篇〉、〈社會篇〉和〈運動篇〉；追憶浮生舊事，懷念友朋情誼，關心社會話題，而歸結於健康至上，運動最補。不論寫作的主題是什麼，何凡先生的終極關懷總是人生幸福與社會進步。何凡先生文筆流暢，析理清楚，旁徵博引，就近取譬，有梁實秋先生雅舍小品的風味，而關懷更為廣泛貼近，常令人於心有戚戚焉。梁實秋先生說：「何凡把我想說的話，從我的嘴裏挖了出來。」

夏府的成員中有六位作家，除了何凡先生和夫人外，還有夏烈、夏祖麗、莊因和張至璋。我雖未刻意去尋求他們的作品，但有幸是他們大家的讀者，夏祖麗小姐為母親寫的《從城南走來——林海音傳》一出版我就購買一本，一口氣讀完。最近為了為何凡先生寫序，又重新翻閱一遍，所幸記憶猶新。不久前我又在《聯合報》副刊讀到她和長兄夏烈先生懷念母親的文章，十分感動。夏烈身為工程師而具文學家情懷，應與父母親基因和夏府的生活環境有關。

何凡先生多次提到，他一生只住過兩個城市，就是北京和臺北，夏家來到臺北先借住在東門親戚家，不久因為何凡接受了《國語日報》的工作，搬進重慶南路三段十四巷一號省政府國語推行委員會的宿舍，一住二十五年。《國語日報》最初在植物園，夏家的孩子早期在這裏讀「國語實小」和「實小幼稚園」。夏祖麗在《林海音傳》中回憶，小時候隨外婆林黃愛珍到「明星電影院」(南昌街)看電影，隨父母親「穿過和平西路、廈門街、到了川端橋」，在川端橋下茶座消磨一個晚上，以及到廈門街鐵道邊四川飯店吃飯的快樂往事。而林海音創辦的「純文學出版社」就在離家不遠的重慶南路三段大街上。這些地方恰都在現在愛國西路和羅斯福路一段以南，共同構成了夏家在臺北的「城南舊事」。

這一帶其實也是我家初來臺灣時活動的地方。我的父親戰前在家鄉教小學，抗戰期間投筆從戎打游擊，來到臺灣無以維生，學習打燒餅、炸油條，民國三十年代末、四十年代初，在南門市場和廈門街各開了一家豆漿店，在廈門街豆漿店對面的巷子裏和南門市場對面過羅斯福路的巷子裏各搭了幾間違章建築。他自己住廈門街，祖母住羅斯福路。有一段時期，父親並在川端橋下經營了一家茶座，我在一篇舊作〈和平東路〉中曾回憶，夏日黃昏，順著廈門街到川端橋茶座幫忙的舊事。不知昔日川端橋下、廈門街上，雖不相識，可曾相遇？後來「國語日報」在福州街蓋了大樓，我則因為任職臺大，在福州街二十號的宿舍住了八年，與何凡先生成為近鄰。

臺灣由於以市場經濟的方式發展經濟，導致激烈的競爭。競爭雖然促進快速的成長，使人民生活改善，財富增加，但個人過於熱心追求自己經濟上和政治上的利益，破壞社會規範，導致社會不安。因此我在三十多年前就鼓吹創造更多人生的價值，分散追求的目標，使社會在進步中得以維持和諧。二十多年前，我追隨李國鼎先生倡導群我倫理，也就是第六倫，以規範經濟發展、政治民主與社會多元化後的人際關係。何凡先生的大作有很多和我們的看法相同，讓我們感到吾道不孤，而願意繼續努力下去。

何凡先生自己也為社會樹立典型。他雖出身顯赫之家，但一生淡泊名利，不結交權貴，不追逐財富，可以說「不事王侯，高尚其事。」他工作勤奮，以寫作賺取家計，教養子女，也以寫作推動社會進步，報效國家。他和他的妻子是因為自己的行事為人受到尊敬，不是因為職位和金錢，在今日因權勢與金錢而墮落的社會，愈覺可貴！我謹藉著寫序的機會，向這位資深作家敬表欽慕之意。

民國九十一年元月十七日

自序

何凡

這是我在三民書局出版的第三本書（也可能是寫了一輩子文章的最後一本），前兩本書是出版於民國五十八年的《夜讀雜記》分為一、二兩冊，那是集合在各報章雜誌刊登的翻譯文章，包括世界各國的人情、世故，有趣的資料統計等。例如第二冊〈世界人口的生與死〉一文中，說到據聯合國最新的統計，世界各國人民平均壽命最長的是瑞典人，其次是荷蘭人、挪威人，這些北歐小國國民享受到健康衛生的生活，並且不像富強的美國人要煩心世事，因此得以健康長壽。瑞典的女性可以活過七十五歲，男性也可以活過七十二歲。相反的，最短命的國家是非洲的馬利，平均壽命只有二十七歲。歐美的開發地區，平均男子的壽命超過六十歲，女子超過七十歲。亞洲和非洲若干欠開發地區人口的平均年齡不到五十，有的甚至小到四十。

這是三十七年前的統計數字，中間經過戰亂與屠殺，數字己經不一樣。和平的臺灣再過十年二十年，百歲老人滿街跑的現象不難出現。

我於一九八四年在美國看過奧運會後，即自動停筆在《聯合報》副刊寫了幾十年的「玻璃墊上」和翻譯包可華專欄。報社負責人劉昌平先生曾來家勸我繼續努力，我表示年老力衰，該休息休息了。以後即不定期應付報紙、雜誌的索稿，這樣就輕鬆多了。去年六月二女兒祖麗自澳洲返臺，探望住院的媽媽，並把我自「玻璃墊上」專欄停筆後，這十多年寫的文章剪報整理出來，從中選出三十多篇，編成這本《何其平凡─何凡散文》。祖麗曾在海音主持的「純文學出版社」擔任編務，母女面對面工作十年。她也勤於寫作，使我們二老感到後繼有人，十分開心。

她在編這本散文集時，海音正在加護病房，如中國老話說的「中風不語」，不見得能了解她的工作，就是了解了也不會說出來。

祖麗回澳洲後，這本書後續的工作由鄧佩瑜、應鳳凰、王開平及三民的編輯接手，使我完全不用操心。封面則由長婿，在美國史丹佛大學執教的莊因題字。

本書依文章性質分為浮生、友情親情、社會及運動四篇，這也可以說是我一生生活的重點。後兩篇「社會」、「運動」中，有些文章在寫時有新聞性及時間性，討論的事情現在已有改變或改進，但編輯們認為我在文中敘事的理脈及觀察方法值得參考，應該保留下來。何況有些情況至今仍遲滯不前，值得再提醒社會。

本書前三文都是「懷舊」生活，那是因為今日年輕人好奇而下筆的，不料刊出後，中、老年讀者也大感興趣，因為寫到他們所經歷或熟習的生活，海內外都有朋友和不識的讀者寫信來發表他們的意見。我本來還擬續作，可惜因他事岔開，未能續筆。

本書中幾篇祝壽的文章是我用心找出壽翁的特點寫出來的。追悼的文章也沒有將逝者說成「完人」，只是將他們的有趣的特點舉出，以示不忘。

我反對菸酒是因為我深受其益，得以長壽。海音也不近煙酒，家裡的菸酒是為招待客人。報章雜誌上曾登出一張海音拿煙的照片，那是她當年拿同事的煙來做姿態照的。

運動是我最喜歡的項目，也深受其益。在民國六十年代，我發表〈運動最「補」〉一文，是為「愛補」的國人所寫，曾被選為中學國文課文。到了八十年代，我的反對打高爾夫球不是反對這種運動，而是反對在地狹人稠的臺灣開闢這樣廣大的運動場，供少數有財有勢的人每週消遣一兩次，或有政經意義的揮桿。記得民國八十年元月到澳洲去看望二婿張至璋及祖麗全家，有一天坐在一輛公車的司機後面，停紅燈的時候，恰好旁邊有一個高球場，我問司機打不打高球，他說當然打，否則整天坐在駕駛盤後面會成大胖子。我想我如果在澳洲、美國乃至日本等國也會去打高球，遠近的揮桿，看小白球清脆的入洞，實在是很有趣味。可惜臺灣不是提倡高球的適當的地方。

為本書作序的孫震教授，曾任臺灣大學校長作育英才，多年來追隨李國鼎先生倡導群我倫理（第六倫），提升國民品質。這與我平日為文致力於國家現代化，改善社會，增進國民福祉的所見相同，目標一致。當年我寫「玻璃墊上」專欄期間，先後出任經濟與財政部長的李國鼎先生，非常關心民生與社會問題，經常提供我最新的國內外資料。民國七十九年我出版二十六冊的《何凡文集》即請與我同鄉、同庚的李先生寫序。十二年後，我能再出版《何其平凡—何凡散文》很高興由孫震先生來寫序。

這本散文集編成，自序提筆就超過千字，足證我人老話多，孤家寡人，可以休矣！

民國九十一年元月六日

何其平凡——何凡散文

目次

友情親情篇

社會篇

運動篇

附錄

浮生篇

我小時候

有一次和幾位二、三十歲的年輕朋友共餐，談到民國初年我小時候在北京過的沒有自來水、電燈、收音機、電視、電腦、冷氣機、機動車輛和沖水馬桶等的日子，他們都覺得很奇怪，想不出沒有這些二十世紀利器的生活是什麼樣子。因為他們一出生就進入電力與石油的世界，原動力充足，可說是要什麼有什麼。他們要我把當年生活情形寫下來，以滿足其好奇心，並充實其思古之幽情。我也覺得「當年事」並未攝影及錄音，如再不筆記下來，恐怕就要失傳了。

沒有電燈，那時是點油燈。我家是一個三代同堂二十多口人（分成若干「房」）的大家庭，因此油燈多達數十盞。每天下午各房的老媽子（女僕）將燈集中送給門房的老家人老崔，老崔灌滿煤油，擦淨燈罩，交還各房。我們小兄弟（我們親兄弟八人，還有一個九妹，兄弟以年齡可分一至五及六至八兩組，我行六，現與七弟九妹並存）很喜歡這種為暗夜帶來光明的小東西，燈一送來，就爭著用一張白紙剪一個洞，套在玻璃燈罩上，使燈光反射下來，桌面上更為明亮。後來母親為我們排定班次，才解決了爭端。那時路燈也是煤油燈，釘一個玻璃盒子在街巷的牆上，每天傍晚有扛短梯的工人來加油點亮。屆時一燈如豆，仍是滿街黑暗，上班上課的市民都趕著回到光明溫暖的家，像日暮雞鴨回窩一樣。尤其是冬季夜晚，北風怒吼，路絕行人，家人圍爐取暖，買些門外叫賣的「賽個梨」的水蘿蔔、多給的「半空兒」（大花生）、醬牛肉和「又熱又甜的豆沙糕」等零食來消磨時光，充分的享受天倫之樂。不像今日的若干家庭，父母子女少有見面的機會，夜越深大家在外面混得越起勁兒。

清末民初北京已有自來水，但是和電力一樣，水管子只通幾條大街，多數胡同居民都飲用井水。大街小巷分布許多「井窩子」（也叫「水屋子」），一口井旁搭起木屋，住著幾個山東壯漢「倒水的」。住戶向附近水屋子「包月」買水，每天倒水的推木製獨輪車送水到家，倒在廚房的大水缸裡供用。水分「甜水」、「苦水」及中間性的「二性子」三種，價格不同。大致甜者飲用，苦者使用。又，富人喝甜水，窮人喝苦水。說相聲的編了這麼一個故事，說一人擬投井自盡，問另一人井裡的水是甜是苦。那人說：「你都不想活了，還管水的甜苦。」此人說：「話不能這麼說，我苦了一輩子，現在還叫我淹死在苦水裡，我不幹！」想當年北京人都是住平房，可以這樣送水，如住樓房就困難了。

臺灣到了二十世紀快打烊的時候還無法解決醜態百出的垃圾戰，塑膠袋不破不漏，是裝垃圾的妙品，但是袋子本身的「物質不滅」的特質卻為環保帶來永恆的災害。垃圾成災的主要原因是：人多垃圾多，政府無力處理，黨人以之為政爭工具，希望糾紛弄得越大越好。我小時候北京居民沒有垃圾問題，因為大家都住平房，人煙無今日臺北之稠密。再說那時人們並無環保觀念，垃圾只要不留在自己家門裡就好了。記得我家左側有一空場，每逢舊年前後，有很多人來放風箏。有一年忽然有人在場中傾倒垃圾，不久成山，放風箏的人也沒有頭綁布帶遊行抗議，只是另找場地就是了。

那時北京住戶處理垃圾的方式是，每家自備一個柳條筐，將家中垃圾集中在筐裡。每天早晨警察局雇用的清潔工（住戶叫他們是「倒土的」）拉著木製土車，手搖銅鈴，在胡同裡吆喝而過，住戶應聲拿出土筐，把垃圾倒進土車。倒土的把車拉到附近他認為是偏僻的地方一倒，再回來拉第二趟。小住家兒（貧戶）即自行處理，不雇「倒土的」。想來我家旁的垃圾山就是「倒土的」領頭兒堆成的。

一處垃圾山一造成，「撿煤核（讀胡）兒的」貧婦與兒童就蜂擁而來。他們左手提籃，右手持竹籤、木棍，把住戶拋棄的燒過的煤球兒的外面黃土打掉，留下中心沒有燒到的煤核兒，拿回家去還可以生火做飯。現代人大聲疾呼的提倡垃圾再生，百年前北京的文盲婦孺早已身體力行，為日常生活的一部分了。

一般家庭的廢水處理也像垃圾一樣，住宅沒有下水道，通常是在後門放一個泔水桶，全家廢水都倒在桶裡。警察局管下的「倒泔水的」每天下午來將泔水桶提出去，倒在他拉來的木製水車裡，然後拉到附近的穢水池倒掉，再回來拉。記得我家的穢水伕是一位殘障人士，右臂短細如兒童，左臂卻長粗如拳王。他用左臂輕易的提起泔水桶，舉到水車上倒光髒水，真是力大無窮，殘而不廢。

那時我們這個大家庭是住在一所有八個院子的平房，人多糞便多，處理分兩部。傭人另有蹲坑的茅房，由糞伕來掏糞，像光復初期的臺北那樣。主人每房一個木製馬桶，放在床尾，和床帳相連，前面擋一個布簾。人與自己的糞便終日在一室，現在想來覺得很奇怪，但是當年大戶人家多是如此。每天下午糞伕拉著車來，在後門口大喝一聲：「倒馬子啊！」家裡老媽子群就提著馬桶，魚貫出後門，倒掉桶中糞便，再用清水沖一沖，各自提回房間了事。那時的家規是，女孩子要用尿盆兒在屋裡大小便，男孩子到院子裡去「擺攤兒」，擺完了大喊一聲：「擦屁股！」老媽子會來用「草紙」擦乾淨，並把爐灰撒在糞便上掃到畚箕裡。北京說人更換工作有一句歇後語是：「小孩兒拉屎——挪挪窩兒。」就是從這件事得來的靈感。我家馬桶經常更新，因為南京老家在城南的顏料坊，這條街以開設出產木器的「盆桶店」出名（那時沒有鋁或塑膠製品），每年總有幾次老家來人提來新馬桶，我們熱切的等待桶裡裝的歡喜糰、雲片糕、小肚、鹹肉等甜鹹食品。吃了這些美食，吸收其養分，再把糟粕拉在裝它的桶裡，可說是物盡其用了。

像臺灣這樣滿街都是吆喝著賣的成衣的現象，我小時候是看不到的。那時大家都穿中裝，男裝裡面穿小褲褂，外面是長衫，有應酬的時候，年長的人加一件馬褂。這種衣服並沒有做好了在街上賣的，而是顧客自購衣料找裁縫做。我家人多，就雇用了一名王姓裁縫住在家裡，為全家人製做四季衣服。那時人工便宜，除了貧戶以外，一般住戶都用得起人。華北各省縣更有大批服務人群到北京「跟主兒」，像現在外籍傭人到臺灣家庭裡幫傭一樣。

學生穿的衣服只有「操衣」（意謂上「體操」課時穿的衣服，即今之「制服」，今日更多了一種運動裝）是由學校找廠商代做。因為那是西式服裝，中國裁縫不會做。王師傅在我家門房設一長案做衣服，夜間長案就是他的床。他用的烙鐵（熨斗）是在煤球爐子上燒熱，用右手食指沾了口水，在烙鐵上一碰，聽見滋的一聲，就知道夠不夠熱。他的嘴也是噴壺，含一口水，把衣服舉起來，噗的一聲噴上去，面積又大水又勻，我們看了都很佩服。家裡人穿的鞋也是自製，中式的布鞋不「認腳」，要尺碼寬大才穿得進去。穿布鞋上體操課的時候，要用帶子在腳面上綁緊，以防脫落。這種鞋的底子是多層白粗布用麻繩縫起來，叫做「衲底子」，一般家庭婦女和老媽子都會做。底布厚重，要先用一個木把的錐子扎洞，再插進穿了麻繩的針。這種純手工製造的鞋，技術與材料高低很有關係。高者美觀而耐穿，低者常常「一槽兒爛」，扔掉了事。布鞋最先出毛病的地方是鞋尖處踢破或開線，這時可以找街上的皮匠打個「皮包頭」，還可以再穿一陣子。

我小時候青少年的娛樂很簡單，看電影、聽國劇多由家長帶著去。念到高中、大學，住校或外地「進京深造」的學生，有少數養成「捧角兒」的習慣，他們專聽國劇科班「富連成」某幾個腳色的戲，風聲傳出去了，會引起學校訓育人員的調查處分。如果在戲園子裡和別的學校捧角團打架，學校知道了，會得到記過甚至開除的嚴重後果。戲園子的布置和今日大不相同，例如南城綜合性的遊藝場「城南遊藝園」一開幕時，其中國劇場是男女分座，池子裡正中釘了一條高到腰部的木板牆，男女觀眾各進一門，但是樓上下最前面的包廂則無性別限制。戲園中有一種特技服務人員是「扔手巾把兒的」，他們能把一捆熱手巾，從樓下戲臺前扔到樓上，不漏接或分散。後來市政府認為此物傳染砂眼予以取消。這種人如在今日當是棒球好手。那時有的戲園在池座後面擺下八仙桌，泡茶送點心，使全家光臨的觀眾，足吃足喝，盡歡而散。好在戲臺上鑼鼓喧天，臺下歡聲動地，彼此都不會嫌惡噪音吵鬧。

我最早去看的電影院是城南的「大觀樓」，演的是笑匠賈波林（卓別林）的「從軍樂」（演第一次世界大戰情形）、「狗生活」等默片。我和弟弟對影片不太能欣賞，但對觀影時的豐富茶點卻頗重視。大觀樓的座位布置很特別，是與銀幕垂直的擺了一行一行的長木桌，觀眾分坐兩旁，向前看電影，轉過身來就抓吃抓喝，數百人同時剝大花生嗑瓜子，聲勢也很驚人。銀幕上一聲不響，英文字幕也看不懂，觀眾吃喝交際重於觀影，感覺享受很夠標準。「城南遊藝園」開幕後，門票是兩毛錢，觀眾可以自由看京劇、文明戲（話劇）、唱大鼓雜耍、變戲法兒（魔術）和電影等。電影夏天改為露天演出，在空場上張開一個白布幕，夏夜的星空下，全場只聽見嗒嗒嗒的電影機放映聲。那時最叫座的一部電影是叫做「黑衣盜」的連續劇，主角全身包在一件黑衣服裡，只露出兩隻眼睛。大概他劫富濟貧，行俠仗義，所以他一出現，觀眾都鼓掌歡迎。有時布幕上出現一個女人的背面，就有人跑到幕後去看她的面貌，結果大失所望，因為她的前後都是背面。後來新式的電影院如東城的「真光」、「平安」等開幕，那些舊電影院才被淘汰。真光電影院有一段時期，為了增加觀眾對劇情的了解，派一名翻譯站在臺上，銀幕上打出一行字幕，他就翻成國語大聲宣讀，沒有擴音器，工作很辛苦，而觀眾對於男女老幼都是一個語音也覺得很彆扭，所以實行不久即予撤銷。這種默片時代的特殊現象，可說是我國影業的陳跡，今日已經沒有重現的可能了。

除了看電影、聽京劇、逛城南遊藝園以外，春天放風箏，秋天鬥蛐蛐（蟋蟀），是我們不能錯過的季節娛樂。到了夏天的傍晚，有幾種串胡同的街頭藝人沿門賣藝。一種是「唱話匣子的」，他大聲吆喝「轉盤的話匣子」，手提裝大喇叭的留聲機和唱片，住戶叫到院子裡，選片收聽。家長多聽京劇，我們卻獨沾「洋人大笑」一味。片中洋人隨說隨笑，越笑越厲害，我們也不由得跟著笑起來。這個老笑片臺灣電臺也播過，可知它有不可淘汰的價值。另一種是「耍耗子的」，他吹著嗩吶號召觀眾。住戶叫他進家門，他打開隨身木箱，擺出道具，叫幾隻紅睛白老鼠隨著他的喇叭聲，表演爬梯子、鑽寶塔、蹬輪子等動作。還有一種是「耍猴兒的」，這種人肩扛小猴，手提道具箱，進宅門表演，也不過是叫猴子爬竹竿，穿衣戴帽，或是伸爪要錢等等，比起今日民代作秀的花樣百出差得多了。但是孩子們卻特別歡迎這些表演，大概是因為這些小動物善解人意，能做出人不能做的動作的緣故。

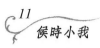

今天臺灣孩子棒打天下，成為棒球世界中的超級強隊。小學校多設有塑膠跑道及夜間使用體育館等。相形之下，從前北京學校的體育設備實在是微不足道。我於民國十九年進國立北平師範大學讀書，師大是以體育系馳名全國，但是當時設在廠甸的師大校本部卻只有一個簡陋的「風雨操棚」，沒有地板，燈光陰暗，只是準備風雨來時學生進去上體操課。

那時所有的足、籃、排、網等球類運動都是白天在室外土地上舉行，所以天氣好壞、時間早晚和風向日射等都有很大的關係。我在師大附中和師大都是排球校隊選手。附中是華北學校中最早提倡排球（起初叫「隊球」）的，民國十八年曾在瀋陽得過華北運動會的中學組冠軍（那是以學校為參加單位的最後一次，以後即以省市為單位）。那時打的是九人制，高個子打一、二排，我們矮個子只能打三排。三排負責接對方發過或攻來的球，適當的推到前排，以便做球反攻。三排最怕的是比賽到決勝關頭，對方輪到強力的發球手，又趕上順風，屆時球如炮彈射來，會打得你有「死無葬身之地」之苦。因為九人制可以發兩次球，因此有人專門練出種種硬球、怪球來取分。現在看到臺灣的室內球場，地板光潔，燈明如晝，甚至備有冷氣，實在羨慕不已。在這樣良好的設備下如果還打不好球，就太可惜了。

我念小學的時候，北京沒有學區制、明星學校及聯考等等情事，家長都選家宅附近的學校送孩子去讀書，午餐自然是回家吃。也有的同學是家裡派傭人送午飯到學校，學生到門房去取。通常是一個圓形數層提盒，菜飯分裝，都是媽媽的傑作。北京天氣四季分明，夏天頂多三個月，還要放暑假，所以像臺灣這樣學童吃午餐幾百人集體中毒的事情是從來沒有過的。那時公教人員的午餐都是到附近小館「搶」一頓飯吃。中國人的飲食習慣是食物不論貴賤，都要現做現吃，一副座位無法輪流多次使用。所以外食的人要早一點溜班，才有希望搶到座位。甚至有人吃完了還不走，好等著讓給後來的熟人。像今日臺灣這樣的速食店及自助餐廳林立，真是方便多了。

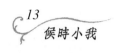

兒時生活一時想不完，到此也寫了不少。二十世紀是人類生活變動最大的一個世紀，全叫我們這一代人給趕上了。比較今昔異同，沒想到會變得這麼快、這麼大。寫到這裡，電視上播出，說用電器最多、離高壓線較近的人容易得癌症。反過來說，我們從前過的煤油燈日子反而比較安全，這像是對現代生活的一種諷刺。記得小時家裡裝了電燈以後，父親買了一個美國「奇異」牌的電扇放在客廳裡，我們就趁他上班的時候，偷偷去開動，覺得不用扇子就能呼風，實在是不可思議的事情。但是今天我們已經生活在電器堆裡，家裡隨便算算竟達二十種之多，用者一舉手之勞，什麼事情都由電力代做了。

我們的物質生活在數十年間進步神速，但是道德水準卻日漸低落。今天在臺灣的兒童得到我國空前的良好照顧，包括先進國家也少見到的假期出國旅遊，但是同時他們也是匪徒綁架的目標，使家長終日提心弔膽。市街上無照開設各種變相賭場的遊樂場所，門外標示「十八歲以下禁止入內」，實際上前往賭博的多是中小學生，他們甚至在場中被引誘吸毒，一經上癮，貽害終身，當局對此種邪惡現象竟束手無策。家長雖為此惡劣環境感到憂心，但是本身也該反省，有否忙於賺錢或遊樂而疏於照顧子女，使邪惡趁虛而入？據內政部戶政司統計，臺灣地區民國八十一年初離婚率為千分之一・四一，超過日本、香港而「傲視亞洲」。應知父母離異受害最大的是孩子，過去警察抓到的不良少年，有很多是因為家庭破裂而形成的。我小時候沒黑道的人開店引誘孩子學壞。中學裡沒有吸菸的學生，因為家長和老師都不允許。夫妻因意見不合而離婚的少而又少。那時的男女老幼都有一些道德標準與生活規範可以遵循，不像今日社會上的若干人沒大沒小、不男不女，要錢不要臉，甚至不要命的胡作非為。近人常說古蹟要好好兒的保存，因為毀了無法恢復。看了社會上的種種亂象，卻覺得有些倫理道德上的「古風」也值得重整一下呢！

（民國八十二年四月）

懷舊續篇

〈我小時候〉一文，追述一九一〇至三〇年間我在北京的生活，得到幾位讀者的回應。陳之藩先生自美來信說，當年生活中他十分懷念北京的「二葷鋪」。老蓋仙夏元瑜學兄來電話，談到那時「南邊人」移居北京仍坐手提馬桶的日子。老友邵克儉、張明伉儷打來電話，及北平師大紀海泉學長從洛杉磯來信，都說讀今文憶舊事，回想當年，趣味盎然。與我北平師大附小陳樹曦老同學見面時，談到七十年前學生生活，他為他們那一班獨得十餘名女生感到驕傲與懷念。與樹曦同班的劉剛我從北京來信說，文章勾起了回憶，對於今日兩岸的「人心不古」與「世風日下」感到痛心，並問到樹曦的近況，已為二人聯繫上，七十年失去聯絡的老友開始通訊。七弟承楣從北京來信，懷念我們小時候生活為「黃金年代」，對今日國人生活好而道德差頗為嘆息。兒子夏烈來信說，看了我小時生活情形，覺得十分有趣，建議我寫回憶錄，作為二十世紀知識分子的生活實況紀錄。沒想到一篇信手拈來的懷舊之作，會引起讀者的注意，因就各人意見加以說明引申，寫〈懷舊續篇〉。

陳之藩說的「二葷鋪」，是北京舊有的一種小飯館，由於菜簡價廉，學生與小職員爭趨之。「二葷」是指店中只備豬肉和豬內臟兩種葷菜，其餘海味雞鴨一概免了。店小人少，爐灶設在門口兒，大師傅揮汗炸丸子、氽酸辣湯，鍋鏟響亮，香氣四溢，使餓漢聽聲聞香之際，不由得不快步去搶座兒。菜少不需菜單兒，「有什麼」全憑夥計口報。夥計記得熟客人的口味與飯量，有時代為決定「吃什麼」，例如他說：「今兒還是給您來個炸小丸子，高湯甩果，外帶一個花捲兒一碗飯！」食客既省心又感到親切，並在眾人中顯現出「老主顧」的榮譽。飯吃完無單可埋，夥計走到桌前，看著盤碗念念有詞，多少錢立刻算出，當然不會有開發票的麻煩。鋪中賣的餅麵是以量計，稱為「斤餅斤麵」。我去二葷鋪，常要「半斤木須炒餅」，就是將半斤餅切成條與攤熟的雞蛋合炒，價廉味美，吃了會上癮。老北京忌諱說「蛋」，以免與男人性器混淆。如前述的「高湯甩果」，即是今日臺北菜單上的「蛋花湯」（如蛋不打碎即稱「臥果兒」）。又，肉絲炒蛋從前北京飯館稱「木須肉」，當年我愛點的一個菜是「木須肉加菠菜」，是色香味俱全的一樣平民菜。

北京「二葷鋪」的數目既多，經營方式也有不同，有一種店中稱自備的菜肴為「二葷」，食客帶來原料交灶上做為「二葷」，這叫做「炒來菜兒」。大概店小準備的菜色不多，熟客自帶菜肴交給跑堂兒的說明做法，廚師亦可照辦。這樣一面擴大了飯館的服務範圍，也滿足了食客的優越感。周到而親切，是老北京的一種迷人作風。後來食客日多，灶上應付不了「來菜」，這種「二葷」制度也就漸漸消失了。與此事相反的，是回教館門上貼有「外菜莫入」的標示，這是老規矩，食客應當遵守。至於目下若干西式速食店在門上貼條子，拒絕攜入「非本店食品」，則是怕顧客白占座位來消化外間食物。客人會取巧，店家即不得不「設限」了。

老蓋仙夏元瑜和我是大、中學同學，都是從江南到北京的「移民」，他是安徽，我是江蘇。按說北京土著該叫我們是「(南)蠻子」，但是我們在北京長大以後也就消失了地區的差異了。我們的家庭提著馬桶來北京，是因為我們不會「蹲坑兒」。北京「原住民」則是在庭院一角設公用茅房，臥室中輔以男用的夜壺和女用的尿盆兒。這使我們談到，日本旅館的廁所分「和式」與「洋式」兩種，也為的是住客蹲、坐兩便。國立中央圖書館七十年前開館是在北平，那時有的讀書人去嘗試館中新設的沖水馬桶，大概坐著出不來，只好蹲上去便在圈上，使館中清潔工人大感為難。

陳樹曦和我一樣，都是從五年級起才上「洋學堂」。那時老北京對任何新事物都冠以「洋」字，如稱火柴為「洋火」、西式樓房為「洋樓」、雙輪人力車為「洋車」等（至於稱西方人為「洋鬼子」及西餐為「番菜」，則含有抑人揚己，口頭上占便宜的意義了）。在上學以前，樹曦念的是私塾，我上的是家館（由祖母的內姪陶四叔在家裡教四書）。進師大附小時按成績分甲、乙兩班，我甲陳乙。前些天我們見面的時候，他說：「你們甲班雖然功課好，卻沒有我們乙班的風水好。」

原來在那個沒有「國民教育」制度及女子較少上學的時代，乙班竟收取了十餘名女生，實為異數。難怪樹曦今日對那些女同學的姓名與特點都記得清清楚楚，不下於他對臺灣交通的了解（他曾任臺省鐵路局長、交通處長及交通部次長）。

劉剛我信上說，我所懷念的「城南遊藝園」現在又有重建之說。至於北京著名的平民遊藝場「天橋兒」已經恢復了幾個茶園，有雜耍表演和小吃供應，但是門票要十元、二十元人民幣，豆汁兒一碗也賣五角人民幣，價錢不能算「平民」。天橋兒和北京其他廟會一樣，從來沒有賣過門票。由官方經營後憑票入門，過去自由而廉價的鄉土氣息就不存在了。從前的天橋兒靠「八大怪」吸引遊客，這八怪包括拉洋片的「大金牙」、說笑話的「雲裡飛」、摔角的「沈三兒」、耍中帆的「保三兒」和罵人罵世的「大兵黃」等。學生逛天橋多半是去看摔角等武術表演，學個一招半式，回到學校好唬唬同學。摔角是中國武術中極少數可以對打的項目之一，日本人學了去，脫下靴子打赤腳，去除短小結實的褡褳，換上一拉就散的寬大上衣，並更名為「柔道」，推行到全世界，列為奧運等正式比賽的項目，而摔角在我國卻逐漸消失，實在太可惜了。

城南遊藝園是粵人彭秀康創辦的，我父親是股東之一，因此在園中主要劇場大戲（京劇）園裡分配有包廂。這個京劇園一向限女角演出，一流角色如雪艷琴、碧雲霞、章遏雲等都登過臺。但是我們對於京劇不能理解，由此每次遊園都得到家長的許可，我們可以自由活動，只是在京劇散場前集合大戲園一同回家。園中並無如今日之電玩等引誘青少年賭博的場所，家長可以放心讓孩子自由玩耍。我們在園裡常去的地方，包括「地球（即臺灣的「保齡球」）房」，每一組球瓶後面有一個報告員，瓶倒後他點一點數目，大喝一聲：「三根兒咧！」是說打倒了三個，然後將瓶子立好，哪裡有現在的電動植瓶的便利正確？其次是雜耍場，主角是唱大鼓的劉寶全、白雲鵬等，但是我們愛看的是徐狗子的「雙簧」，前面的人動作，後面的人發聲，以後人玩弄前人來把觀眾「請示樂了」為主要吸引力。還有通稱「變戲法兒的」的魔術場，主角是自稱曾在歐美表演過的韓秉謙博士，他出場時身穿西式大禮服，胸前掛滿了獎章，表演的是催眠術等大魔術，是一種老少咸宜的娛樂。「文明戲」（今稱「話劇」）也是我們愛去看的。那時的社會嚴守男女不可混雜的規章，文明戲班中的女角都由男人飾演。記得有一幕「夢話退賊」的喜劇，演的是小偷兒潛入一愛說夢話的人的臥室，此人大聲說：「您來啦，請坐請坐！」小偷對主人的客氣大吃一驚，轉身退出，此人又說：「您走啦，不送不送！」至此觀眾哄堂大笑，對主人的瞎打誤中及賊人的睡醒不分同感有趣。後來我們到學校學說這一幕，同學都說：「我要去看！」我想小偷的空手退出也是從前「盜亦有道」的表現。如在今日臺灣，賊子為賭債或毒癮所迫而行竊，無法空回，可能亮出武器，幹掉苦主滅口，這就是警方所說的「暗進明出」了。

承楣小我一歲，我們小時是玩伴，上小、中學時是同學，我上一篇文章中談到的家庭與學校生活，他都是其中一員。他說那是黃金年代，當是回想當年無憂無慮的生活，與後來十年慘痛的遭遇幾乎無法相比。他與劉剛我能夠「苟全性命於文革」，應當托庇「祖上的蔭功」與「墳地的風水」（我父親的墳墓和很多家庭一樣，被「革命的洪流」沖沒，找不到了）。現在兩人年逾八十，在「全民皆商」的環境中已經無力參與，只有順應自然，坐觀他人成敗了。

剛我與承楣對於〈我小時候〉文末段談到現代人生活好而道德壞的情形，同聲表示慨嘆。想來這是一個比較的問題，我們做學生的時代，服從家長，敬畏老師，日出上課，日落回家，遵循學生生活規範，絕不為家長、老師和政府惹禍招災。我們覺得這樣的自律並不吃虧，因為轉眼自己長大成家，我們的子女也會這樣的正常發展，不為我們惹麻煩。那時的家庭也有腐敗反常的現象，例如我的家裡就有祖母及叔嬸的三桿鴉片煙槍，父親那一代幾乎家家有姨太太。我們看在眼裡，覺得那是傳統社會風氣造成的現象，到此為止，不會再傳到我們。

報載〈家裡的新人類〉一文，記家中長大的孩子常要天亮時候才回家，在家不是關門大睡，就是高放電視，不想和母親談話。在飯桌上皺眉頭，不想吃媽媽的菜。為他買來的衣服，總是嫌土嫌「驢」，表示不滿。他自己買來的卻是打補釘挖破洞的高價品。朋友的女兒過年時穿了一件膝蓋破洞的新牛仔褲，外公看見了大怒，塞錢給她要她去買一件「像樣」的衣服。作者說，現代的孩子怪點子特別多，父母管不了，因為他們「絕對要求自我」，成為一種想擁有自我的家裡的「新人類」，但是經濟與生活並不能獨立。長幼觀念差距擴大是今日家庭失和的根源。「迷失自我」和「找尋自我」是很時髦的現代語言文字，我們不明白頭腦正常、年輕力壯的人怎麼會把自己丟了？恐怕只有老年癡呆症患者忘了自己的姓名住址，認不清家人親友，才是正宗的「自我迷失者」吧！上述的家庭缺乏共識情形不知今日是否普遍，我們祖父輩的人不太能了解。希望教育家、社會學家應當領頭研究一下改善之道，因為青少年層的生活如果不正常，將來還怎麼接棒成為國家的主人翁？

寫到這裡，翻開手邊報紙的社會新聞版，看見同時刊出四條新聞：㈠十六歲的未婚媽媽海洛英毒癮發作時，嚴重傷害七個月大的女兒，警方將她移送法辦。㈡十九歲的孫女在家裡綑綁了七十九歲的祖母，搶去祖母身上金飾後去客廳看電視，祖母自床上落地，傷重身死。孫女被判處無期徒刑，上訴後確定。㈢四名十九歲的國中畢業生無正當職業，合議引誘一中學女同學到 KTV 唱歌飲酒，暗下安眠藥後將女輪暴，罪嫌經警方擒獲。㈣

五名十九歲起的強盜集團分子，在高雄、臺南兩縣搶劫賭場及電玩店，作案十三件，得財物四百餘萬元。被害人都不報案，因為他們都是非法營業。從這幾個案件可以看出，現代青少年的膽大妄為已到了驚人的程度。想來家庭與學校教育之失調與社會邪惡的引誘該負主要的責任。二十世紀前一半的中國人雖然過著戰亂與貧窮的日子，但是人品並不低下。現在在臺國人享有民國以來最富裕的生活，同時卻黑槍與白粉齊飛，賭徒共毒犯一色。日常群居之處，人人為己公德淪亡，成為三等人在享受一等生活。這一代老年人觸目傷心，不由得不懷念舊時長幼有序的和平寧靜生活，同時也摸不清把人心搞壞自己該負什麼責任。

自然我們不會再回復到井水、油燈、木馬桶和人力車的日子，因為那種骯髒、危險、緩慢和不人道的生活，應當有更進步的工具與方法取代。但是前進卻不可入歧途，例如那時的井水有的的確不宜飲用，而今天的自來水如果受到人為的污染（如高雄市），災害卻更廣泛。那時的煤爐使用不慎會熏死人。但是今天的電器和瓦斯爐如果構造、裝置或使用不當，會燒掉全樓的住民與建築。當年的人力車雖緩慢、力弱及不人道，卻有車禍輕及不污染空氣的好處。現在的汽、機車進步多了，但是濫用之後，其傷害人命、污染空氣及製造噪音的力量，會使人得不償失，所以使用任何進步的工具，必須遵行隨之而來的規章，並充分發揚公德心，不要為了自己的方便而傷害了旁人，否則新利器會造成新災害，進步會成為退步。我們懷念過去，展望未來，實在不能不為眼前的紊亂不道德現象而憂心忡忡也！

（民國八十二年六月）

追憶八十年人生前半

我生於民前二年，應是遜清遺少，但對宣統年間情勢不可能有任何印象，卻將八十年的民國一覽無餘，照單全收。今《中央日報》副刊徵稿，要大家以切身經驗，描摹八十年來社會演變的軌跡與成長的歷程。想來應徵同文中能全部參與者為數不多，那麼像我這樣的「資深公民」當不愁無話可說。因追述前四十年的生活，以與人所共知的後四十年生活作一比較。

我一生只住了兩個城市，前半北京，後半臺北。在北京是住在南城的一棟有大小八個院子的平房，我家三代二十口，加上各房的男女傭人十餘人，大家庭生活過得真是熱鬧。記得民國六年的某一天，曾任江蘇省督軍的張勳看著民國不順眼，要擁戴當時仍住在故宮前的「關門皇帝」溥儀復辟，他在城裡咚咚咚的放了幾炮，我的母親立刻叫我們小兄弟幾個裹上棉被，躲到飯桌底下。張勳的復辟比這次蘇聯「八人幫」政變垮得還快，他一看成不了事，立刻逃進北京東交民巷使館區的荷蘭大使館藏匿，以後未受任何制裁，得到好死，比「八人幫」的全部落網及自殺的結果幸運多了。

民國八年（一九一九年）第一次世界大戰後，勝利各國召開巴黎和會，我國代表王正廷、顧維鈞等在會中宣布，我國受日本逼迫，簽訂二十一條等喪權辱國密約，要求予以廢除。北京學生奮起響應，於五月四日集會對付簽約關係人曹汝霖、章宗祥、陸宗輿等，火焚曹宅，毆打章某。北京市民第一次看到這樣大規模的學生運動，很多人不明白是怎麼回事，只是紛紛傳言街上「鬧學生了！」我父親傍晚回家，急問家人，老大、老二、老三回來沒有？因為那時他們在讀大學，二哥和三哥上的是學運領導者北京大學，五四當天警察抓了一些學生，故此父親不放心。

那一年我已滿九歲，卻未入學，只是在家裡和七弟八弟上祖母內姪陶四叔教的家塾。原來那時並無國民教育之說，孩子上不上學全由家長作主。我父親忙於公務和詩酒之會，顧不到我們的教育問題。而且他是一位淵博的舊文學家，對於白話文教學的新教育興趣也不濃厚。直到民國十一年，上高等師範（國立北平師範大學前身）的四哥才把我和七弟送進住家附近的高師附小，按年齡直接進入五年級，所以我的小學只念了兩年。在今天國民教育發達的臺灣，這種事情是不可能發生的。我們親兄弟八人，還有一個九妹，那時鄰居武舉人周君家裡住了一名太監，他看見我們小兄弟就說「七狼八虎闖幽州」（章回小說《楊家將》裡面的一個故事），以誇獎我家的人丁興旺。現在想起來，上述的教育制度、大家庭、多傭人、武舉人以及太監等今日都不可再見了。

北京在北伐完成，定都南京，十九年易名北平以前，一直是兵家必爭之地，奉軍、晉軍、西北軍等外地口音的軍隊皆曾統治過北京，加上明、清數百年的君臨，使溫和敦厚的北京人養成逆來順受，絕不排外的生活態度。北洋政府時的主政者和歷任北平市長從來沒有北京人，甚至少有北方人，北京人都不介意。北京人常說：「誰當皇上咱們給誰拿錢糧。」意謂誰佔了北京，老百姓就向誰輸捐納稅，做個順民。所幸北京城幾百年帝都的聲威猶在，市中心紅牆黃瓦的故宮和市四周雄偉壯觀的城牆，皆使軍閥不敢輕易破壞，像兩次世界大戰都沒有傷損巴黎的凱旋門一樣。此外，北京父老及工商界人士為了應付此來彼往的軍閥，有一種臨時性的「治安維持會」之設，以便解救北京免於兵災。有一位清末的老將軍江朝宗，可能是這些軍閥的長輩，他告訴交戰兩軍不要進行城市爭奪戰，要多少金錢糧草一律照送。似此後門送出敗兵，前門迎進勝將。當時北平的東交民巷，像上海、天津等地的租界一樣，華人平民可以進入，軍警則須止步。有一位遜清遺老怕民國當局找他麻煩，也搬進去住，舊年時自撰門聯，文為「望洋興嘆，與鬼為鄰」以自嘲。東交民巷西口有一座瑞金大樓，每逢兩軍爭奪北京的時候，父親就在該樓的地下室租一間房子，把母親和「幾個小的」送進去住，以策安全。我們小兄弟摸不清外面的大兵是誰打誰，情形是危是安，但是對這種「逃難」生活卻感到新奇有趣，有樂此不疲之感。

上述是回憶兒時在北京的情形，如將當年的日常生活和今日臺灣比較起來，可以看出八十年來的改善速度真是驚人。假定民國元年到八十年的國家現代化程度為一百分的話，則前半部的進步可得三十分，後半部是七十分。原因是前半部民國的中國大陸始終在戰亂中，如軍閥混戰、日軍佔領東北及蠶食華北、挑起淞滬之戰，最後中日全面大戰，政府撤到臺灣，可說國無寧日，當然建設緩慢，民生疾苦。政府遷臺以後，很多經建科技人才都跟著來臺，在政治穩定的情況下，大家努力工作，充分發揮中國人的吃苦耐勞精神，才能在三、四十年的短期間裡創造了經濟奇蹟，使平均國民所得從民國四十年的五十美元，上升到八十年的八千美元，四十年來的增加恐怕找不出第二個國家來。如以跑一萬公尺相比，則前五千公尺像是架了拐，後五千公尺就開了高速跑車了。

在我的「學齡」以前，北京一般住戶仍無電力供應，晚間都點煤油燈。戲園子裡唱夜戲，在臺的兩旁各擺一盞大煤氣燈，不時有人拿氣筒來打氣，以增光亮。路燈也是在街巷牆上釘一玻璃盒子，放置油燈。好在那時的人早睡早起，不在外面過夜生活，因此燈光不輝煌亦不覺苦。不像今日臺灣，政府要求遊樂場所開到夜裡三點，以節約電力及改善社會風氣，民意代表還厲聲指責這是「違憲」，世風日下，民代之功不可沒也。

沒有電當然沒有電扇和冷氣機，但是那時北京皆為平房，全無「水泥森林」，所以空氣流通。而且一般住宅房間高大，院子寬廣，夏天搭起涼棚，暑氣可以全消。北京的電話初設時分東、西、南三局，總數不超過四位數字。那時是「口動式」，拿下耳機來，電話局的接線生問：「哪兒啊？」你告訴他：「南局七四六。」他有時說：「佔著線，等一等。」性急的人會懷疑接線生故意為難，於是電話線就變成「火線」，像現在的按鈕電話就吵不起來了。在北京增設自來水以前，市民都喝井水。挑水夫的水車是木製，一輪在前面正中，後面安裝「兩輪日月」，卻惹不起胡同裡的頑童。頑童看見大漢挑著水進住戶後院，倒水到大水缸裡，就跑過去拔掉一個水桶的塞子。水夫出來的時候，水流多了，水車就向另一面倒下去。孩子們最欣賞的是水夫的破口大罵而找不到罪魁禍首。

我所見到父親的交通工具，最早是民初的騾車。車身木製，裝兩巨輪，前面伸出兩根粗大木槓，用來套騾子。人在車廂中盤腿而坐，在崎嶇不平的石子路或土路上走久了，都會腰痠背痛。騾車以後改乘四輪馬車，大概是歐洲傳來的，所以看來形狀和汽車發明以前的歐美馬車無多差別。馬車後為汽車，那時的汽車有兩項設備是今天沒有的。一為指方向箭，行車時如擬轉向，司機就可以讓車燈旁彈出一根箭來，以警告其他行人車輛。另一為兩旁車門外各有一踏腳板，有時佔有北京的軍閥的姨太太坐在車裡，踏腳板上各站一衛兵，腰配飄紅綢子的「盒子炮」（外套木盒子的手槍），真是威風凜凜，引起路人側目。父親退休後，先後改坐洋車（人力車）及三輪車。我坐過各地的以上兩種人力車輛，覺得還是北京製的為最講究和舒服。洋車用人腿跑，車伕太辛苦，應予淘汰。三輪車較省力，而且適合目下環保要求，臺灣像日月潭、石門水庫等觀光地區無妨酌設三輪車，以便遊客。據說夏威夷就有人從臺灣買去三輪車，在賺遊客的錢。

那時我們兄弟和妹妹上的都是師大附屬中、小學，離家近，走著上下學很方便。每天步行所值亦多難忘的印象。例如必經之路的琉璃廠（北京著名的文化街，為書店及古玩店集中地），有一家賣羊肉的「羊肉床子」，每天早晨必定當眾殺羊一隻，情形驚人，因為那時沒有屠宰場，更談不到電屠了。此街路南松古齋南紙店門前，秋天擺蛐蛐（蟋蟀）攤兒，冬天擺風箏攤兒，都是對我們極有吸引力的應節遊戲。我們上大學以後，路遠的就騎腳踏車、坐電車或公車。在我的記憶裡，從來沒有因為塞車而遲到的。自然更不會有今日臺北的中學生無照騎機車的危險現象，因為那時全北京城也看不見幾部機車。

我以為民國八十年來的各階段政府，以在臺灣的這一段做的事情為最多，才使得現在國民各方面的生活都可以直追先進國家，國民所得也達到八十年來的最高峰。預計六年國家建設計畫完成後，國力與家財都將大幅的提升，國家地位與人民生活也會更為改善。但是想實現這種光明的遠景的前提是要政治穩定、社會安寧，人才與資金才會留下來共同努力建設。北平人常說：「好日子也得好好過。」也就是說「人在福中應知福」，不要「自作自受」的意思。我將八十年親身經歷的生活加以比較，覺得後半部的進步的速度完全超出預料，這種成績不容少數人任意破壞。現在各級議會裡都有少數民代在壓置關係國計民生的法案不談，專門造謠生事，圖謀一人一黨之私，但是這些人卻是選出來的，所以各位選民應深切反省，濫選不如不選，不選不如認真選賢與能。我們八十年吃苦耐勞才有今天的好日子過，只有珍惜成果，才能繼續邁進。何況共產帝國現已倒到只剩下中共、北韓等幾張骨牌。美蘇領導裁軍，預計世界各國每年可以省下一千多億美元，用於改善民生，可以說是情勢大好，來日方長。我們為什麼要自亂陣腳，自尋煩惱，難道是「吃飽了撐的」？

（民國八十年十月）

撫今追昔話專欄

我在臺灣寫了四十多年的文章，除了海音編《聯合報》副刊時是從家裡帶稿子到報館以外，其餘都是寫好後打電話請人來取。臺灣早期，家裡沒有電話，街頭也無公用電話，要到附近較大的商店去借，這種經常求人的滋味不怎麼好受。何況電話接通對方不一定在，即使接了電話信差可能已出勤，麻煩是不少。最長的一段時間是為《聯副》寫定期的專欄，約定晚九時取稿，時間到了，側耳靜聽，一心以為有信差之將至。有時大限將到，文章還沒有結束，不免心慌意亂，疾書在作最後的衝刺。這時最好的辦法是把文章的末段結束，最後加一（上）字，明天將未用完的資料接著用，連題目都可以少想一個。但是輪到次日專欄已經排給另一位作家的時候，這就行不通，只好草草結束，或者「預告」一句：「關於××××的問題，容後再談。」有時題目最後決定，在匆忙中想得不夠好，見報後自己看著都不滿意。

碰上信差第一度來按鈴的時候，如果未能完篇，只好在傳話器裡請他等一等。假如他說，「我先去取×先生的稿子，等一下再來！」那就好極了，因為得到了喘氣的機會。作家不能按時交稿也有自我解嘲的理由，那就是寫文章不像開火車，要做到分秒不差。而且同時約定寫社論、短評及副刊稿件的有很多人，不能「準點」的一定也不少。寫長篇連載的朋友不是還有臨時「棄職潛逃」的事情發生嗎？那比晚幾分鐘交稿情形更嚴重了。因為稿子不到，報館裡編發、排校和印送的同仁的工作時間都會連帶受到影響。

定時到家取稿，比完稿後裝封、貼郵票，再出門找信筒舒服多了。但是作者必須有人在家等候來取。有時九時後出去吃晚飯，發現飯館全部關門，只好買些麵包充飢。哪裡像現在這樣二十四小時營業的便利商店林立，消夜館隨處開設的方便。或有人說，既然定時交稿，為什麼不早些寫出來，免得常和時間競賽，等於和自己過不去。事實上，我們比不了像包可華那樣的專業的專欄作家，每週寫兩篇「千字文」，就能在華府設立辦事處賣這兩篇文章。臺灣的專欄作家都是業餘的，白天排滿了其他工作，晚上才榨乾餘力寫文章。稿費只是補貼，養不了家。版稅亦不足道，只能視同額外收入，上不了家入正賬。

我這樣安排寫作時間，也是為了配合新聞，因為看了當天晚報再下筆，可以把所談的問題的最新發展都收進去。談論時事最怕三、四天後登出來時情勢大變，那時文章成了無的放矢，自己看了掃興，讀者更有放馬後炮的感覺。所以這種專欄最好能「晚發早登」，才能充分配合新聞。近年報紙加張，有的報系報紙更要排隊印刷，因此與新聞無關的副刊等版面皆須提前印刷，與新聞距離更遠了。

把寫作時間排在七至九時，對於晚餐是一障礙，因為提早或延後都不衛生。有時在外面應酬，常須不終席而退，因為要趕回家完成後半段文章。有時有朋友來家，聽他們在客廳裡高談闊論很想插嘴，卻不得不把自己關在書房裡振筆疾書，像是被捕者在寫「自白書」一樣。想到該休閒的時候卻在工作，心中不免懊惱。但是這樣的生活是自己安排的，怨不得旁人。這樣緊張而異常的生活數十年下來，居然沒有得到一種「職業病」，這不得不歸功於自己平日生活古板及不廢運動，使得身體底子較能耐勞的原故。

但是像這樣的專差取稿，每次要按鈴、通話、開關門及上下電梯，究竟還是麻煩。有一天忽然想到，為什麼不為信差配個信箱鑰匙，稿子寫好放進箱裡，由信差自行取走，家裡不須留人等門，豈不兩便？我是文科學生，向來敬重科學家，覺得他們的發明造福人群，功勞實在太大了。現在我也有了「發明」，不禁對自己的「科學頭腦」感到自豪起來。這種簡便辦法實行若干年後，電傳來到臺北，稿子寫好送到機器裡穿過，對方主編立刻收到。這使人聯想到，複印機已經為文件免除抄錄之勞，現在小文具店裡都有設置，用者稱便。電傳機像是剛開始，聽說有的文人聚集的咖啡館已有此項服務，以便作家現寫現傳，加強賣文的速度。估計在電傳機商促銷之下，市上機數當會迅速增加。臺灣二十四小時開門的便利商店現在營業項目越來越廣泛，在寄售報紙、雜誌、書籍以外，如果再增加複印與電傳，則文藝氣氛將更濃厚，國民生活品質也將隨之揚升。

孫如陵先生談到寫專欄的文中說副刊的專欄俗名「方塊」，拼在副刊前面作頭條，地位顯赫，受到讀者重視。但是專欄的黃金時代似已過去，現在追述往事感慨頗多。我是「方塊」的資深作家之一，通常是副刊全版其他文章都拼校好了，只空下這個方塊，把我的文章最後塞進去。有一段時間各報副刊從事版面的花式競爭，特請藝術家來設計創新，每天形狀不同，像是飯館裡的七巧拼盤，看得人眼花撩亂。例如守舊的讀者看慣了「題前文後」的版面，現在題目拼在文中或文後，讀者就要費心去找文章的頭，才能讀到尾。在版面須變的原則下，特約專欄自然失去舊有的「顯赫」地位，甚至原有「方塊」形狀也難維持，有時排成像電線杆，有時像斜角三明治，在版的下角作為補白。專欄在副刊上地位的降低，這也是原因之一。

孫先生說，民國三十九、四十年間的報紙有的並不是天天有副刊，例如中央日報副刊的編輯或撰述，都是館中同仁兼差或客串，專欄都是在等「大樣」時完成。每篇八百五十字，稿費五十元，算是重金。我查《聯合報》創刊於四十年九月十六日，每天兩大張八版，副刊卻是天天有。稿費多少不知，因為我是四十二年才開始寫的，現在也忘記當時的稿費數目。總之，三十餘年來，臺灣稿費已經漲了數十倍，但是和當年物價比較起來是否合算，可以反映文人生活，也是一個有趣的話題。至於孫先生說寫專欄是兼差，這個情形到今天還沒有改善。這就是說，我們這個社會到今天還養不活職業作家。能靠出書或寫連載小說為生的作家實在不多。一般作家則是有餘力才為文，這距離業精於「錢」的實際情形就較遠了。

寫專欄會上癮是事實，如陵文說，「初試方塊，覺得胸中有十萬甲兵，有說不完的話。」並說要他每天寫一篇都敢包下來。此種壯志我有同感。一位專欄作家日寫千字並不困難。

如果平日注意搜集資料，則在當年報紙只有兩張及電視尚未登場的資訊匱乏之時代，也不會找不到題材。今天報紙加份加張，電視競報新聞，可說是「報紙登不盡，電視播又生」，更不會有無話可說的苦惱。但是專欄這個工作最好是「獨沽一味」，才能精益求精。

我在臺灣著譯四十年，成文約一千萬字，對於一名業餘作者，數目不能算少。回想這些年寫作經過，都是和編者定時交稿，向不違約，才能積少成多。古人說，「文窮而後工」，我們可以說，「文逼而後寫」。如陵先生說他以半個世紀寫作經驗凝成一句話，是「天下文章一大逼」，被逼才下筆，寫了又上癮，這就是我們文人行為怪誕之處，轉眼間這樣的生活已經過了半輩子了。我自解除固定稿約以後，免去逼迫的壓力，增加推辭的理由，文章已經寫得少多了。老驥伏櫪，壯心未已，目睹時事多艱，不免時時有「我有話要說」的感覺。我仍舊不會偷閒度暮年，只是遇到力不從心之時，也就放鬆一把，不太自我鞭策了。

（民國七十九年六月）

甲子寫作述懷

亮軒先生〈平凡的典型——談何凡其人其文〉一文（見附錄），對我語多溢美，愧不敢當。他閱讀《何凡文集》十分仔細，更令我有知遇之感，覺得文章沒有白寫。回想數十年來「趕稿子」的緊張生活，現在總算放下擔子，坐在路旁歇息，看著人來人往，各奔前程，此刻如有一杯好茶下肚，潤喉暖腹，止渴生津，就更好了。

亮軒文中談到我寫作迄今已歷一甲子，倒是我過去沒有注意到的。我於民國十九年到二十三年就讀北平師範大學，二十年日軍發動「九一八」事變，佔領東北，隨即進軍華北，以完成其建設「大東亞共榮圈」的夢想。我政府因準備未周，不宜輕率應戰，只有以交涉來爭取時間。因此華北局勢混亂，人心惶惶，大學中讀書風氣自受影響。由於功課追得不緊，我除了按時上課以外，多寄情於排球、滑冰、撞球等運動，投稿到報章雜誌也是從那時開始的。記得我收到的第一筆稿費是兩毛錢，是我翻譯了幾則西洋笑話，投到北平《世界日報》副刊「明珠」版登出來。照那時的物價，兩毛錢可以看一場電影，稿費不算低，對於初學寫作的人是很大的鼓勵。所以從大學時代算到現在，說我寫作已歷一甲子應無差錯。

二十三年我從師大畢業，進入世界日報做編輯。那時北平是全國首席文化城，大專院校及高級文化機構（如故宮博物院、北平圖書館等）設置最多，《世界日報》以重視文化教育為宗旨，為了吸引青年讀者，報社開闢一「學生生活」版，供學生報導生活及發表作品。我主編這一版定下一個規章，就是談到學校與師生一律用真名，不用「某」字或「××」代替。這可以使投稿的人了解文責的重要而慎重下筆。同時各校師生也很樂意看見本校的消息或同學的作品上報，因而養成每天翻看這一版的習慣。這一版的投稿者多半是各校學生，有的並成為特約撰稿人。例如前幾年在臺逝世的立委侯庭督（當時在師大讀國文系），就常將學生生活寫成打油詩刊出，頗受讀者歡迎。

「學生生活」每天見報，需要字數不少，我從那時開始寫作，自己編發，校大樣時還有修正的機會，使自己感到更為滿意。我認為這是理想的寫作及刊出程序，因為經過自己校對，印出來如仍有「漏網之錯」，那就不冤枉，只有警惕自己以後多加小心。但是投稿到報紙限於時間，作者就無法要求自校，出報後如果發生「手民之誤」（那時編輯在「更正」啟事上，常用這句話把責任推到排字工身上），看了會很不愉快。直到今天，我給雜誌或書刊寫文章，仍保留自願校對的要求，這可以減少錯誤，並為編者分勞。

我認為要求印出的文章無錯字，作者、編者、排版者及校對者都要負責任。作者要字跡清晰，把刪去的字劃掉到看不見的程度。編者要仔細看稿，除了改正錯誤以外，並應將稿上草率難認的字代為描寫清楚。排字不可丟行落句或「亂點鴛鴦」。校對應細心校核，不可懶於查對原稿，聽任可疑之處輕易過關。校時看出有問題的地方，應即時提請主編注意，不可逕自修改。過去曾有愛改稿的校對，為約稿的主編惹了很大的麻煩，這是越權的行為，也是校對與編輯職責上不同的地方。

民國三十四年我同時主編北平《華北日報》和《北平日報》副刊。在《北平日報》副刊上開始寫「玻璃墊上」專欄，當時忙得沒有時間想篇名，由於編輯桌上有一塊玻璃桌墊，因以為名。三十七年我來臺灣，到國語日報工作，文章接著寫，分刊臺灣報章雜誌。四十二年海音主編《聯合副刊》，我為她助陣，「玻璃墊上」重新定期見報。七十三年因去洛杉磯看奧運會而停筆，回臺後即未恢復。總計這三十一年間寫了五千五百篇，平均每年約一百七十七篇，在時間與篇數上說，我對自己能有這股長勁兒感到滿意，同時這也表示文章還有人看，否則報館不會要你寫得這麼久。亮軒文中說：「若是沒有一股對國家社會強烈的使命感，要成為一位以業餘時間得此豐收的作家，是辦不到的。」是的，確是有一股強烈的使命感在督促我下筆。我這一輩子沒當過一天兵，因此文人報國只有靠一枝筆。把國家社會上的好事提出表揚，壞事加以批判，是下筆的主要動力。我們退到臺灣，如果再不自強，恐怕將無葬身之地。所幸幾十年來，政府領導得宜，國民努力上進，才造成今日政治民主，經濟繁榮的壯大局面。我們經常在報上為文鼓吹的人，不管是否言已有中，總會與有榮焉！

我能業餘的長期寫作，應歸功於平日愛好運動及不近菸酒賭等嗜好，才能多工作少生病。也有朋友說，那些好東西你都不接近，可以說是「白活」了。我說運動、飲茶和看書報電視都是我的無害的嗜好，足以消磨有涯之生。至於菸酒等等，相信一經招惹定會上癮，隨後為了戒與不戒問題難以決斷，身心負擔極為沉重，那時才明白咎由自取的煩惱。再說閻王爺現在已經電腦作業，每抽一枝菸飲一杯酒都要照扣陽壽，老癮士扣光得早，屆時被閻王爺傳去收押禁見，後悔就來不及了。

雖然避開不良嗜好以換取健康是我的生活準則，但是歲月不饒人，年紀大了，就是保養得再好，也難免身體內外輪流出毛病。像是一輛老爺車，門修好了，窗戶又卡住；窗戶弄活了，煞車又出問題。好在只是一些老人難免的慢性病在身上流竄，只有遵照醫生指示，和它們進行長期戰鬥。使我想到一句西洋格言：「不停的耕種會使地力耗盡。」(A field becomes exhausted by constant tillage.) 自己如仍正、副業交加的耕種下去，恐將提早耗盡體力，無以為繼。而我無宗教信仰，天堂無座，斷望來生，因此只有珍惜今世，努力延長今生。好在長壽只是自求多福，並沒有侵佔他人時間，或奪取他人票源，應當不會引起爭執。故此我於洛杉磯奧運歸來後，即行停止約定的專欄寫作，以解除定時交稿的緊張生活。此後隨興走筆，字數時間皆無限定，心情就輕鬆多了。

八十年我更辭去國語日報社職務，不再上班，並免除許多相關的集會與應酬，將全天時間收歸自用，過起正宗的退休生活。這樣依次擺脫固定的工作，是鑑於社會上有若干聞人及幾位老朋友相繼辭世，有的人是不知節勞，硬是把自己累死。他們以忙碌為由，病時不就醫，只用些成藥搪塞。這樣的「諱疾忌醫」，將小病拖大，實在是很冤枉。如果及時退休，排除忌醫的藉口，利用公醫的照顧，下工夫搞好身體，即不難獲得「來日方長」之樂。一個文人只要能維持頭腦清醒，體能適當，他的寫作壽命就可以延續下去，比公教人員與運動選手的職業壽命要長很多。我們可以說寫作是世間少有的「無退休行業」，因之我的寫作一甲子也就不算稀奇了。

亮軒文中說，我的文章被評為非純文學，也不夠學術性，這話說得很對。原來我的作品在寫作行業裡被稱為「專欄」(column)，作者名稱是「專欄作家」(columnist)。專欄作家有時專攻政治、經濟、社會等中之一行，定時撰文在報章雜誌上發表。也有不分類別，無所不談的，我就是其中之一。這類文章是入世的，與純文學不同。是通俗的，與專門的學術論文不同。專欄文章宜於淺顯明白，吸收各階層的讀者，才能發生廣泛的效果。宜於「言之有物」，以事實及統計數字為立論的根據，才能增加影響力，獲得讀者的信心。空洞乏味為專欄之一忌。

我寫專欄常就日常生活下筆，因為在二次大戰之後，世界各國都因筋疲力盡而民生凋敝，政府與人民的復興要務是先搞好民生，才能得到安定和進步。可以說是民生第一，民權次之，這從近年共產帝國的崩潰和美國共和黨的下臺，可以清楚的看出來。亮軒文中說，「人生哪有比穿衣喫飯更要緊的事？」是一種很實際的說法。讀者看到文章談到與他生活有關的問題，說到他想說出來的話，就覺得是代他發言，不是空口說白話。有的讀者甚至來信發表意見或提供資料，這時作者會感到文章得到反應的喜悅，同時寫作資料也就不虞匱乏了。

配合新聞寫稿是多數專欄作家的共同寫法。它不像報上的「社論」那樣的嚴肅鄭重，比「短評」字數又多一點兒。通常副刊主編約好幾位作家，排隊寫稿。在版面上預留固定地位，後發專欄稿以接近新聞。文中少談私人感情，多說事情是非，可以說是一種文藝化的時事評論。亮軒說，這樣的文章會予人以「不夠浪漫」的感覺，大概是指和副刊版上的小說、散文、詩歌等文體有所不同，題材有時間性，詞句卻缺乏抒情的、空靈的味道。我想既然談的是真人真事與公是公非，恐怕筆下就「浪漫」不起來了。

不過亮軒也舉出我的〈一根白髮〉、〈大和風及其他〉等五篇文章，說是表現我的「細膩柔和的一面」，證明我也能夠「浪漫」一下。這些文章都不涉及時事，也就是沒有時間性，什麼時候看都不會有「過時」的感覺。大致是我得到外國資料，再找有關的中國資料配在一起，加上個人的看法，就成了一篇散文。我承認這樣的散文仍舊不夠純文學，但是卻以「言之有物」感到滿意。我想我的「浪漫」只有到此為止，無法再加強了。恐怕以後寫作要走這條路線，因為現在報紙副刊早發，見報卻晚，談時事常常刊出時情勢已變，使人掃興。不如選擇時間性較不急迫的題材下筆，則作者與編者都可以比較從容些。

我從大學畢業後就進報館工作，寫作雖是副業，但是興趣卻更濃厚。現在退休了，將副業扶正在時間上已有可能。不過想到恃強打拚可能得不償失，而且退又不休亦有當初抽身求閒之旨。因之決定即興創作，不再趕羅自己。我以為人生於世，少壯時應努力奮進，不偷懶取巧；及其老也，當相機引退，以享受餘年。我前面說，寫作是一種「無退休行業」，是指它不像運動員那樣的靠體力吃飯，也不像上班族那樣的按時趨公。作家只要神智正常就可以繼續工作，與年齡長幼較少關聯。近見報上談老人病，有人說，打麻將可以延緩甚至防止老人癡呆症的來臨，因為它會訓練老人動用頭腦，使勿昏亂。那麼文人不是也可以用寫作來維持其思路正常嗎？

（民國八十一年十二月）

文章是寫出來的

《遠見雜誌》上登出馬萱人的〈在國語日報投稿的日子〉一文，記述現今四位社會聞人在中小學生時代參加國語日報社徵文入選的經過。

馬萱人文中刊出立委謝啟大、朝陽學院系主任陸蓉之、時報撰述委員馮光遠和社長黃肇松四人三十多年前的文章摘要，當時我負責徵文工作，因將四人原文找出來看看，覺得他們當年的作文的確很突出。馬文並談到現在中時記者林崑成、教授高大鵬、作家丘彥明、應鳳凰等人都曾為《國語日報》徵文的入選者。我覺得可以說從小看大，小時能文，大了會繼續發揚光大。

謝啟大小時在父母眼中功課最差，估計不可能考上高中、大學。民國五十三年她十五歲念臺北市省立二女中初三的時候，應徵題目「十年後的我」當選刊出，父母看見文章對她大改舊觀，謝啟大也建立自信，以後讀書、考法官，做老師和法官，直到選立委，都是一帆風順。

陸蓉之是張大千弟子，十三歲就舉行過個人畫展。五十五年她念臺北市立女中二年級的時候，應徵「我和運動」徵文入選。她的文中說，同學都叫她「陸胖子」，在學生體能分組時被分到體力差的最末一組。後來看到學校開運動會很多同學得獎牌，她只能替旁人加油吶喊，覺得很難過。於是決心走向運動場，「和體育課拚了！」

馮光遠當選的文章〈我們那條街〉寫於民國五十四年他讀臺北縣三重國小六年級的時候。文中說他家的小巷子有垃圾、蚊蟲和「黃金」三多，臭味撲鼻，嚇得財神爺不敢來，以致他爸爸買獎券都不中。還有野孩子在人家牆上亂畫，自覺勝過劉興欽。馬萱人並說，馮光遠在學校時以會說笑話出名，及長喜愛西洋嘲諷文化，擅寫諷刺文章。我想這從他的小學六年生的作文就可以看出苗頭。

黃肇松民國五十二年在苗栗縣苗栗中學初三念書，應徵「送考記」入選。他的文中說，為了送小弟考初中，天沒亮就起床為弟弟檢查考試用具，然後用老爺腳踏車送弟弟去趕考。歸途並用曾文正公「困難之時，切莫自餒，熬過此關，便可再進」的話來勉勵弟弟。馬萱人文中說，黃肇松說的四弟就是他自己，送考的是他的大哥，曾國藩的話見於當時讀的國文課本。當時苗栗物質生活貧乏，苗栗中學文風卻盛，有許多老師在寫小說。黃肇松迷上了閱讀和寫作，成為文藝青年。我想當年十五歲的黃肇松已有小說家的創作構想能力，他今日在新聞界的成就，當是奠基於中學時。

馬萱人文中並談到另一中國時報記者林崑成，在民國五十七年念臺東中學初二的時候以〈改正我們的小毛病〉一文入選。他在文中指責國人生活骯髒無禮的壞習慣，認為不是文明人應有的行為。他後來擔任臺東環保協會理事長，努力於臺東環保工作。我覺得那篇短文可以說是他後來致力環保的「誓師詞」。

《國語日報》辦理「每月徵文」比賽分為國小和初中兩組。民國五十年十月先辦國小組。報社組織一個評審小組，由我和林良、柯劍星、蔣竹君諸君負責出題和選文。大家公議出題多配合時事，例如升學考試後出「送考記」、少棒熱門時談少棒，寫實較多，議論較少。希望學童平日多看書報，關心時事，以充實寫作題材。至於選取應徵文章，重視對文字能運用自如和取材意境不俗的，避免錄取故作成人腔調或使用八股套詞的。這是為了鼓勵小朋友用自己的話發表自己的意思，我手寫我口，能夠適性發揮就好了。

那時應徵的確實有不少天真自然的好文章，和成人作品的字斟句酌的味道不一樣。

每月徵文揭曉後，被錄取的小作者和他們的家長都感到很光榮，因為這是個人國文好的表現，和中獎靠運氣情形不同。各校國文老師也很支持這個工作，他們常常以徵文題目為作文課題目，並選出好文章來鼓勵作者應徵。因為文章當選後登出校名和班名，學校和老師都有面子。民國五十二年七月起又接受中學老師的建議，辦理初中組徵文，發現若干初中生的文章比小學生寫的內容更豐富，技巧更成熟，令評選者愛不忍釋。國語日報出版部隨後集結這些文章出版《小作家》（國小）和《少年作家》（國中）文集，供學生作青少年優秀作品欣賞，也可以給老師和家長作提升學生作文能力的參考。

當年我在印行《小作家》的時候以「文不離筆」為序說明經過。我說俗言「拳不離手，曲不離口」，是說拳術是打出來的，歌聲是唱出來的，應當再加上一句「文不離筆」，表示文章是寫出來的。希望學生作文好，應當讓他們多讀多寫。小學生從四年級起才有作文，每兩星期作一篇，一個學生到畢業才能作幾篇？實在應當多給他們作文的機會。我更想到由於教育發達，我們有世界最大的小學，每班學生特多，老師對於學生作文無法細說多講，學生作文能力自然難求進步。還有「升學主義」數十年來深植人心，補習班對學生的國文課不是增進他們的寫作能力，而是「考前猜題」，將可能出的題目都作出範文來，讓學生熟背。如果聯考場上恰好猜中，學生即可應考「默書」而非「作文」（後來聯考出題委員與猜題人鬥法，想出出奇題目；閱卷委員對相同作文降低給分以應付此一新法舞弊），在這種情況下，聯考也不足以使學生重視作文。

《民生報》載記者林麗雪的一篇〈寫作能力從小扎根〉報導中，稱現代老年人對年輕人的作文能力退化搖頭嘆息。臺北市教育局決定舉行國小教師作文教學研討會，研究如何鼓舞學童寫作興趣，提升作文能力。教育局的人說，目前學童愛看漫畫和電視，對於文字較少興趣，有的學童並且怕動筆，因此作文能力減退。從歷年高中和大學聯考的作文卷上可以看出很多學生別字連篇，辭不達意，寫作能力驚人的下降。教育局在研討會中將先訓練教師教導作文課的能力，從國中一年級起，研究如何引導學童進入文字世界，欣賞他人文章，也樂於自己寫作。

我們提倡白話文已近一個世紀，利用白話文傳授現代的聲光電化之學，使國家現代化，功勞可說極大。但是現代學童由於愛看漫畫和電視，再加上電玩、KTV 等消磨寶貴光陰，以致疏離國文，厭棄寫作，實在是得不償失。筆下能通暢的表達情意是國民應有的基本能力之一，我們的教育普及已是世界第一流，但是國民寫作能力卻日見衰退，如果不能從小扎根，怎麼能培植成文化之樹？這是我們今日應當力謀改善的一個課題。

（民國八十五年四月）

輕鬆自在過冬天

收到樂茝軍（薇薇夫人）以「人生四季」為題編書徵文的信，並規定六十以後是晚年的冬天，似此我已進入隆冬季節，而且不會再有春天，自以及時下筆為宜。這就是人與時間不同的地方，人過完四季只好留下時間給年輕人享受。四時運行卻不同，過了今年還有明年，永遠不會有末日，只有此事是人力無法勝天的。

很多人怕老，畏談年齡，把自己盡量往年輕裡打扮，甚至動手術——改善面容，這種力挽青春的精神值得欣賞。不過衰老像夕陽，無法阻止其西下。英國詩人拜倫曾說：「沒有方法能使時鐘為我重敲已經過去的時間。」(No hand can make the clock strike for me the hours that are passed) 拜倫只活了三十六歲 (1788–1824)，不到今日自由中國男人的平均年齡的一半，如果他活過七十歲，詩的成就當更偉大。他當年之慨嘆「光陰一去不復返」，大概是感到自己健康欠佳，來日苦短，由此可知健康為成功之本，先把身體底子打好了，不愁沒有成功的時機。《老子》說：「大方無隅，大器晚成。」意指成功需要時間，短命的人「出師未捷身先死」，就無從產生勝利的果實了。

不過太陽雖然每天下山，有時卻會延後，例如夏天晝長夜短，有陽光的時間就比冬天長。人類如果注意保健，不糟蹋自己身體，壯、中年自會延長，老年也來得緩慢。事實上，臺灣自光復以來，國人的平均年齡已經增加了幾十歲，現在可以說「七十古稀今不稀」。據估計，再過二十年，臺灣將和日本一樣，成為「老人國」。因此不得不改變行之已久的人口政策，從「一個孩子不算少，兩個孩子剛剛好」放寬數目，鼓勵多生，以便將來的老人有人照顧。

其實人老了並不是一無是處，只留在世上糟蹋糧食。英國作家培根 (Francis Bacon, 1561– 1626) 說：「老柴好燒，老酒好喝，老友可靠，老書可讀。」(Old wood best to burn, old wine to drink, old friends to trust, and old authors to read.) 老柴較乾，放在壁爐裡火會旺；酒越陳越好為「世人共識」；朋友如不可靠就不會交到老；老作家的文章總是有可讀之處，否則不會不停的發表或出版。培根享年六十五歲，當時算是壽星，故此有資格歌頌老年。拜倫像是只吃了人生大餐的冷盤與湯後即退席，無從品嘗主菜及尾品的優劣。這幾天大陸兒童來臺參觀故宮古物，大為驚嘆翠玉白菜製作之精美。臺北誠品書店展出中外古書，參觀者對幾百年前印刷品之典雅悅目感到意外。這些舊時文物比新產品並無遜色，老年人可以引以為榮。

我於民國八十年七月辭去國語日報發行人職務，嘗試退休生活，自此即不上班，不負責，時間完全由自己支配。文章仍舊寫，但是無約定，比起過去幾十年的定時趕工交稿，大有「無債一身輕」之樂。早晨醒來，常常摸不清當天是星期幾，要看了牆上日曆才知道。身上發生病痛，失去無暇到醫院接受「三長兩短」治療的理由，結果健康反有進步。退出若干集會，省下不少「群居終日，言不及義」的時間。也免除衣著整齊，逢人寒暄的麻煩。有些應酬可以禮到人不到的，則自行「留步」，免得到街上領教塞車滋味。好在聖人說的，人年逾七十就可以「從心所欲」，發帖子的人當會諒解。總之，自行退休以後，得到醫師常常勸人「放鬆」的機會，可以自由自在地過這個人生的冬天了。

（民國八十一年九月）

友情親情篇

國語老兵入壙為安

民國七十九年七月二十二日，國語日報同仁會同何府家屬，把他們的董事長何容燒成灰，裝進壜子，送到陽明山第一公墓的骨灰塔裡安放，結束了這位國語大師的一生。其實近兩年來，大家已經很少見到弓身緩步的何公，由人攙扶，走進電梯，再送入辦公室。因為病痛使這位國語老兵逐漸凋謝，到了北方人所說的「落了炕」的地步。就我這個不近菸酒的人的想法，何公如果不是長期受到菸酒的傷害，多活個十年八年應當不成問題。因為他生活簡樸，不爭名利，使人短壽的原因都不存在，當然閻王爺有充足的「緩召」的理由。可惜這幾十年他消耗的菸酒數量不少，電腦操作的生死簿上一杯一枝都不會漏掉輸入，算起生命的總賬來自然要吃虧了。

民國六十四年十一月是何容來臺灣推行國語三十週年，當時的國語日報發行人洪炎秋提議為他賀一賀，在臺北舉行了一個茶會，報社出版部為他出版了兩本書。一為《何容文集》，將他歷年談國語問題的文章集合在一起，但是他在林語堂先生當年主編的《論語》上寫的散文，卻沒有來得及收入。另一為《何容這個人》，約了他的朋友、同事和學生四十多人寫寫他們所知道的何容，當年何容已經七十三歲，老少皆談何，所以包括的範圍廣，延伸的時間長，看起來很有趣味。書中，附載老舍的〈何容先生的戒菸〉一文，是刊於民國三十一年重慶《新民報》，距今已近五十年，可以說得上是一篇「古文」了。書名是我起的，取其既白話又口語，反正把「何容這個人」提出來，大家愛怎麼寫就怎麼寫吧！

在《何容這個人》書裡，有很多人的文章提到他與酒的故事。第一篇吳延環先生的文中就說，抗戰之初，他和何容、老舍、老向同住重慶青年會，常去隔壁酒家小吃，「每一喝多，老舍大哭，老向大笑，他則大罵，面全向我。」何容雖然指著吳延環的鼻子，罵的卻是別人。劉真先生文中則誇讚何公的酒品，說「與朋友對飲，從不賴酒」，堪與被尊為「酒聖」的梅月涵先生媲美。我想不賴酒固是酒德之一，但是卻容易被搞醉。正像不「賴債」的人容易被搞窮一樣。臺靜農先生的文中說：「老朋友們酒後嘲戲，有說子祥的道貌像老太婆，我說像苦媳婦，仔細一想，都對。刻畫在老太婆臉上的，是成家立業的辛勞，刻在苦媳婦臉上的，是忍受委曲而擔起一家生活的辛酸。」又說：「偶爾朋友酒會，他總以挑戰的姿態猛喝，結果不是昏昏睡去，便是大吐，被送回家。我則一面欣賞他豪飲，一面暗笑：為發一發悶氣，多灌些老酒也好。」屈萬里先生文中說：「何子老喜歡吃酒，而每飲輒醉。醉後於嬉笑之餘，也有時會繼以怒罵。醉後之罵，辭雖嚴而義則未必都正；但正如劉四一樣，『雖復罵人，人亦不恨。』」梁容若先生一文中引老舍評何容的話：「他不講究穿，不講究食住，外表上是平靜沈默，心裡大概老有些人家看不見的風浪。真喝醉了的時候，也會放聲的哭，也許是哭自己，也許是哭別人。」

引上述諸家之文，可以看出何容這一輩子與酒的密切關係。酒後罵人和他醒時不與人爭的性格很有關係。他主持會議，遇到各方爭執不下的時候，他常常不做結論，原因是「誰都惹不起」，最好不下斷語。正如趙賡颺先生文中所說的：「在重慶、在臺灣，無論是什麼場合，都不免偶然遭遇難處的窘境，他往往苦笑的，低頭不語的，或是含淚默默的強忍下去；尤其難得的，他用幽默的自苦的言詞解圍下臺，這是中國讀書人很深邃修養的境界。」但是他的心裡並不是沒有是非，會後他還是該做的做，不該做的壓下來。

外柔內剛，心裡難免憋氣，到了幾杯老酒蓋臉時，立刻把心裡的話都抖落出來，哪怕事後道歉，當時已經是不由自主了。我有時看見何公即將進入情況，就請人拿一壺烏龍茶來放在他的手邊，他照樣先給自己滿上，想出題目，然後和同桌人一一乾杯。

何公與菸也是歷史悠久，而且他從上癮以後始終不忘戒掉。前述老舍的文章寫於四十八年前，說的是他和何容在重慶住同屋，何要戒菸，老舍說：「先上吊，後戒菸！」但是何容決定戒，在開始的那一天，「整睡了十六個鐘頭，一枝菸沒吸」。醒來時獨自走出去，掌燈後回來，笑著掏出一包土產捲菸來，對老舍說：「你嚐嚐這個，才一個銅板一枝！有這個，似乎就不必戒菸了！」老舍接過來一吸，冒出來的是黃煙，連屋裡的蚊子、臭蟲都嚇跑了。兩位菸客也跟著跑出去，何容低聲說：「看樣子，還得戒菸！」老舍說，何先生的第二次戒菸，是買來菸斗與菸葉，他說：「幾毛錢的菸葉，夠吃三、四天的，何必一定戒菸呢！」後來覺得吸菸斗太麻煩，又恢復吸香菸，卻詛咒發明香菸的人說：「始作菸捲者，其無後乎！」老舍的結語說：「最近二年來，何容先生不知戒了多少次菸了，而指頭上始終是黃的。」

老舍的文章既風趣又傳神，可惜他在「文革」期間被紅衛兵活活整死，真是中國文藝界的一大損失。如果他也來臺灣，和「老談」相對，人手一菸，豈非「神仙」生活！我在《何容這個人》一書的文中，談到何容的「為人者多」及「為己者少」的為人，說他的少數「為己」行為包括菸與酒在內。我談到每次和他吃完酒席，如果菸碟裡還有菸，他就一把抓起來對我說：「這個東西大概對你沒用處吧？我有用。」說完就把菸插到口袋裡。我覺得何公把整月的薪水不拿去花，留在報社供公私用項，但是得到幾枝免費菸就沾沾自喜，他的這一本賬實在與眾不同。他以董事長的身分做國語日報的「特級校對」，對各版大樣的文字與注音看得十分仔細。但是遇到勸青年不要抽菸或是談到菸害的文章，他就批上「不看」兩字略過，大概是不願意自己怵目驚心的緣故。有一年我出國回來，他看見我很興奮的說：「我從本月×日起戒菸了，」我說：「恭禧！恭禧！」過了幾天開會的時候，我看見他坐在主席的位子上，很自然的伸手摸菸，吞雲吐霧起來，也不好意思問他是從哪一天起開戒的。

抗戰前文壇有「三老」，以擅長寫幽默文章出名，這就是老舍（舒舍予，著有《趙子曰》、《老張的哲學》等書），老向（王向辰，著有《庶務日記》）和老談（何容），三人文章常刊於林語堂主編的《論語》和陶亢德主編的《人間世》等雜誌。何容文筆幽默早為讀者所共賞，可惜來臺以後忙於推行國語工作，散文已經停筆。但是談吐風趣，仍為友人同事所稱道。屈萬里先生的文中說：「何子老才足以成其幽默，學足以濟其風趣。當大家互相聚會的時候，如果座中有何子老，大家就決不會感到寂寞。特別是在枯燥而冗長的會議時，大家的情緒都很低沉；於是何子老便幽上一默，大家的精神就為之一振。」談到喝酒，他說：「何子老三杯下肚之後，於是妙語如珠，逗得大家一陣哄堂大笑。他這種『己欲樂而樂人』的精神，至老不衰。」高明先生文中也說，何子祥在朋友聚會時妙語如珠，逗得大家笑聲不絕，他卻能板著臉不笑。說他「有一副記憶淵博的腦子，也有一種反應敏捷的天才」。

談到何老的「反應敏捷的天才」，使我想起，有一次報社同事聚餐，一人談到當時某先生寫文章說，「臺灣有三×」，把自己的名字列在另外兩位同姓者的後面。何老立刻說：「你們知道嗎？臺灣有三何：何容、何凡、何秀子。」那時報上正登何秀子的新聞，說她對接待友邦外交人士頗有貢獻。又有一次他和我在餐廳裡一同去找洗手間，他在路上說：「是可忍，孰不可忍。」我覺得這是他從淵博記憶中的巧妙的用典，現代人應以此語為「養生要道」，因為攝護腺病很流行，醫生的勸告是有水即放，不可忍尿。還有一次是何老去高雄開會，有一人特來拜望，談到看見報上他的幾篇文章的內容，表示深有同感。何公靜靜的聽他說完，站起來說：「剛才你說的是何凡，我是何容。」

何容嚴於律己，寬於待人，林良先生的文中說，「樸厚是何容先生做事待人的特色」，對做錯事的「小朋友」常常承認「咱們都有錯」。如果那件事真是「咱們的錯」，他就獨自承擔下來。他勉勵做錯事的晚輩的話是：「不經一事，不長一智。事情已經過去了，也就算了。」對於上級及各方面的壓力與不當的處置，何容是逆來順受，聽其自然。羊汝德先生的文章中說：「何先生的辦公桌上，有一個竹製筆筒，上面刻著『堅忍』兩個字，這正代表了何先生做人處世的態度。」我想何容一輩子在「力行」這兩個字，這就是：「堅決推行國語，忍受一切打擊。」例如光復時政府派遣來臺灣推行國語的是魏建功和何容兩人，魏任省府教育處範圍內比較獨立自主的國語推行委員會主委，何是副主委。後來省府將國語會撥歸教育廳管轄，魏不同意，加上其他原因而回大陸，何就接下來做。何的想法是，來臺是為了推行國語，名分待遇並不重要，如欲推行成功，只有「堅忍」應付。

但是國語會禍不單行，降級以後又遇到迫遷和裁撤。國語會和國語日報本來設在臺北市植物園內日據時的建功神社，四十四年被中央圖書館館長蔣復璁看上了，就通過教育部轉知教育廳，把國語會趕到木柵，國語日報搬到長沙街的一間門臉的三層小樓。到了四十八年，政府要精簡機構，裁併單位，負責的小組對於那些因人設事的單位搬搬這個，搖搖那個，都有有力的後臺支撐，碰不得。最後把省屬的三級機構國語會「裁撤」交差，理由是「推行國語已經成功，同志無須努力」。辦法是國語會主委改由省教育廳長兼任，何容降為無薪的副主委，原有職員分別塞到其他機構，無事做，領乾薪，「國語推行」就名存而實亡。省方表現如此，各縣市也跟著「精簡」推行國語單位，把少數經費瓜分了事。

為什麼精簡機構單單命中國語會呢？因為何容是書呆子，好說話，不爭是非，不走門路。洪炎秋的文章中為他抱不平說：「何容做了國語官，從中央降到地方，從實缺降到虛銜，從有俸降到無給，從汽車階級降到步行階級。」省國語會被事實上裁撤以後，何容的國語工作反而更忙起來，教育部、國防部、教育廳都找他幫忙。國語日報除了每天校對以外，還要對「辭典」「字典」等重要出版品作最後的訂正。此外如國語工作會議、國語教科書編纂、教學研究、比賽評判，以及書商的字典、辭書校閱等活兒，都找上門來。我從民國五十四年在《國語日報》的「家庭」版增加「茶話」一欄，說好了由洪炎秋、林良（子敏）和我執筆。我想能把老談拉進來，重現《論語》風格，真是最好不過。但是等到走進他的辦公室，看見煙霧瀰漫中，他正埋頭看大樣，書桌兩旁還堆滿了等待校訂的文稿辭書，也就無法張口拉稿子。當時他的工作已經超載，我們做部下的人應當為他分勞，而不是加重他的工作。不過我總覺得「人盡其才」是一個優良社會的必備的條件，何容不寫散文，和籃球國手罷戰一樣，同為人間憾事。

世人常說，臺灣光復以後有兩大成就，這就是三七五減租和推行國語。臺灣被日本人佔領五十年，大力推行日文日語。我在民國三十七年來臺時，還見過親友家中日人發給的「國語家庭」的獎狀，是指全家老幼都會說日本話。光復以後，政府禁止學校裡用日語教學，可是有些教師不但不會國語甚至連閩南話都不能運用自如，所以教學上發生很大的困難。何公在三十四年被派來臺推行國語，用注音符號從頭教起，這樣國語才說得正確，漢字才認得快。我曾說過，如果有一天全中國以省市為單位舉行國語比賽的話，除了北平，臺灣省是會考第一的，因為臺灣是從根本學起，受原有的方言影響較小。何容來臺推行國語的初步工作，是「推行國語，恢復母語（臺語）」，認為兩語可以並存共用。中國是世界上人口最多、語言最雜的國家，如果不制訂一種共同的語言，則在口頭上即無法溝通，還有什麼統一之可言？近年臺灣去大陸的民意代表及工商界人士，和大陸高層人物用國語交談，那些人都對臺灣去的人的國語普遍而正確表示驚訝。大陸現正為十一億餘人的語言分歧，影響各方面的進步，深感痛苦。據報載中央社消息，北平的「中新社」報導，中國大陸「國家語言文字工作委員會」所屬的「語言文字應用研究所」，在北平舉行了一個「普通話與方言問題學術討論會」。討論了五天，大家都承認四十年來在以北京語為標準的普通話推廣方面，由於各種原因，產生重視不夠，推廣不力的結果。全大陸至今能講標準普通話的人仍佔少數，大部分人只會講方言和帶方言色彩的不標準的普通話。會議裡還指出，由於大陸上方言嚴重分歧，以致商品經濟不發達，文化教育不普及，對國家整體的影響深遠。

大陸稱國語為「普通話」，這一創新並不高明，因為如果「北京話」是普通話，則滬語、粵語等該叫什麼話？叫「特別話」？也許「國語」一辭早為中華民國使用，中國大陸為「破舊」而「立新」，才琢磨出這個「普通話」來。從上述消息可以看出，中國對於統一語言推行不力，以致「普通話」普通不起來，各省的人仍停留在各自的「特別話」

的階段，結果由於國民「各說各話」，嚴重影響了經濟、文化、教育各方面的整體的發展，吃虧可說甚大。這和臺灣的國語暢通、經濟發達與教育普及自有天淵之別。因此更使人不得不感念「國語老兵」何容在臺推行國語的功勞。郝柏村院長上任後，有一立委用臺語質詢，郝院長坦承不會說臺語，該委員頗為自得，像是抓對了短處。事後立法院長梁肅戎對記者說，他如果用他的滿洲話發言，相信沒有人聽得懂。故此開會時規定共用國語，以便溝通，是最適當的安排，尤其是在國語推行成功的臺灣，同用統一的語言是毫無困難的。

寫到這裡，恰好海音接到老舍的兒子舒乙先生（「中國現代文學館」副館長）的信，其中有一段說，提到何容先生的逝世，大陸的老朋友們都很難過，幾乎一致稱讚他在臺灣推行國語的大功。大陸近幾十年，特別是近二十多年，方言盛行，普通話退步，因為無人大力倡導。說到這兒，大家不約而同地要說一句：「你看人家何容！」言下之意是自愧不如，差得遠！信上又說，他的父親生前寫過兩篇有關何容先生的文章，〈何容何許人也？〉和〈何容先生的戒菸〉，都因為知根知底，所以描寫得入木三分。被他父親寫過兩次以上的人並不多，大概還有一位許地山先生。從信上的話可以證實，大陸推行國語無功，各種方言逼退了「普通話」的推行。在這一個工作上，我想「臺灣經驗」是值得大陸學習的。

當年我初入國語日報任編輯，與當時國語會主委何容同在建功神社的正殿辦公。據先來的同事說，編輯部下面的地窖裡，可能還留有日據時代存放的骨灰罈子，不過大家只是說說，並沒有下去證實。現在報社同仁卻眼看著把這位在臺灣奮鬥四十五年的「國語老兵」燒灰裝罈，送到陽明山作永久的安息。這位老兵是七月五日早晨五時五十分因心臟衰竭而平靜的逝世，沒有留下一坪房屋，一張股票，他一生勞碌受氣的工作成績留在臺灣兩千萬人的嘴上！

（民國七十九年八月）

壽子敏七十

「光陰似箭，日月如梭。」小學時上「作文」課，老師出了題目以後，久思無從起筆，及至想到前面八個字，立刻振筆疾書，以下文思就跟著來了。那時當堂作文，看看教室掛鐘在走，又急又怕，的確有「光陰似箭」之感。近來聽說林良（子敏）將有古稀之慶，不禁驚覺日子過得真快，怎麼搞兒童文學的老朋友一下子就七十了，這不又是「日月如梭」了嗎？

我於三十七年底攜家來臺，洪炎秋先生要我到國語日報工作，在編輯部初識林良。那時他年方二十五，是「衣破無人補」的單身漢，終日徜徉植物園（國語日報舊社址），並在電臺教國語，是推行國語的得力幹部。見到我這個來自北平正宗「國語人」，自然談得來。自此我們一直共事四十三年，到前年我退休時才分手，但仍保持適當的聯繫。

國語日報於民國五十三年成立出版部，是國內報社正式設部出書的第一家，也是臺灣出版注音兒童讀物的專門店。子敏學貫中西，熱愛兒童文學，主持這個部門自然適當。到現在出版部出版了上千種著、譯的兒童書，受到小讀者及其家長的廣泛歡迎。因為報社在國語大師何容教授督導下，重視白話文的純正通暢與國語的發音正確，使兒童看了不致學到不通的文句和偏差的國語。出版部出版的大人看的書籍也不少，例如《古今文選》，即有很多大學選作教材。六十三年出版《國語日報辭典》，由於暢銷，被人利用做郵包，傷了謝東閔先生的手。出版部等於一個書店，連編印帶推銷，事情很繁雜。子敏執簡御繁，措置裕如。他外表從容和緩，不像炒股票那樣的緊張忙碌，其實手上事情很多，只是無聲的一一解決而已。他在〈談忙〉一文中，談到他在忙得幾十件事情擠在一起的時候，還有人來指責他太懶，因為那人託辦之事還沒有做。他只有「含笑忍受」；因為「能夠寬恕別人的無禮，這就是聖賢工夫。」他發現「忙」的價值是「能使一個人的氣概接近豪傑的境界」。所以從子敏的外表不能看出他是一個忙人，這正如北平俗話所說：「包子有肉不在褶兒上。」於此我卻願以「年齡先進」身分提醒子敏，我以為人在青壯年當「能者多勞」，老年即應「智者多閒」，排除雜務，不再「我為人人」，時間收歸自用，精力妥為節約，名利之心沖淡，個人自由增加，延長並安度餘年，才是首要任務。

子敏對寫作有恆心，從他力撐「茶話」二十八年一事上可以看出。他在〈茶話故事〉一文中說，民國五十四年八月我建議在《國語日報》「家庭」版闢一「茶話」專欄，由洪炎秋、子敏與我輪流執筆，每人每週交稿一篇。這樣寫了十幾年，炎秋與我先後「賴債」，只剩下子敏一人按時交稿。他這樣獨力支持約十年，才宣布更名為「夜窗隨筆」，繼續寫下去。我想他有理由早就這麼做，而「自說自話」這麼久，是他為人謙虛、隨和的表現。

樂茝軍在她的〈風格獨特的人〉一文中說子敏為文「不疾不徐，娓娓道來」，形容十分恰當。她對子敏的按時交稿頗為感激。文中說：「我要發稿時，稿子一定就已經放在我桌上了。十多年來每週如此，我從不擔心，就像從不擔心每天的日出一樣。」我在《聯副》寫了三十多年專欄也都能按時交稿，但是卻不是「娓娓道來」，而是「匆匆刷出」。我想這和寫作時間有些關係。白天下筆，難免受到種種干擾。子敏多在夜間寫作，沒有電話、掛號信或收報費等事來攪和，自然容易一揮而就。現在他在「夜窗」之下，繼續已有二十八年的專欄寫作，如他所說的在「磨鍊我的恆心」，成功可以預期。

子敏的隨筆〈小客人〉，記述女兒櫻櫻的小家庭在新竹，每逢週末都帶著外孫女筠筠開車到臺北探望外公外婆。筠筠四歲半，最愛和七十子敏扮演「出國旅遊」的遊戲。筠筠排定的旅程是爺兒倆各提兩隻隱形衣箱，從客廳走到院子。子敏說：「還是回去吧！」兩人就回到客廳，扔下箱子，躺進沙發，都喘氣說：「累死我啦！」有一天一連這樣「出國」了十七次，子敏不得不首先叫停，因為真是「累死」了。寫到這裡，不由得想到四十多年前子敏和報社另外幾位單身同事，每逢舊曆除夕都到我家來過年，情形猶如昨日。現在子敏已經在享受「出國弄孫」之累，歲月催人，在不知不覺中，大家都老之已至了。

近年子敏經常出國開會或旅遊，大陸即去過數次，都有遊記刊出。我曾有改行為遊記作者的志願，那就是排定日程，先將要去的國家的史地研究清楚，打好了底兒，出動後一路觀察、採訪、攝影、作筆記，回來寫遊記。現在國人觀光外國預計今年將達五百萬人次，與人口百分比居世界第一、二位，正需要提供學識與導遊的書籍以壯行色，並提高遊客品質。子敏所寫的大陸遊記都很可讀，不過因為那是隨隊出動，馳車觀景之作，不免有些「快餐」的味道。如果他專心來做這個工作，應當是一把好手。

我與子敏共事四十多年，雙方沒有紅過臉，因為他像是一個「吵不起架來」的人。但是這並不是表示沒有主見，有時也可以看出他的「外圓內方」的一面，就是說時不爭辯，做時還是有自己的一定之規。這一點像是得自他的何容老師的真傳。像這樣得「人和」的人，可以為團體減少很多麻煩，因為今日情勢是事情好做人難處，子敏「處世無奇但率真」（從前北平常見的「門聯」句，上聯為「傳家有道唯存厚」），吵鬧不起來，事情就好辦了。

今子敏七十之年忽焉已至，多年老友理當行出秀才人情，在白紙上寫字祝賀。國人現已進入聯合國定義的「高齡社會」階段，我相信西洋人的「黃金時代永遠在我們的前面」的積極說法，即使我們已經七老八十，但是似箭的光陰前面還有長長的黃金射程，謹以此義與子敏共勉。

（民國八十二年十月）

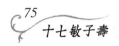

從職業軍人到成功報人

王麗美著《報人王惕吾——聯合報的故事》（「天下文化」出版），雖非完全的傳記，但記述惕吾先生後半生「棄戎從筆」辦報成功的經過，文筆通暢，敘事平實，極具可讀性。尤其是臺灣報界人士對光復後新聞界許多大事只知道題目，不了解其背景和內容，看了這本書才明白其中的曲折經過。例如政府意圖管制言論訂定的出版法，是經過惕吾先生聯絡同業共同抗爭，才得到一個「通過而不實施」的後果。又如民國四十九年轟動一時的雷震案，《聯合報》因援雷而遭軍中禁閱，其曲折多變書中也有翔實的報導。現在看來，回想前情，令人有恍然大悟的感覺。

惕吾先生辦報四十餘年，從最早的《民族報》發行千餘份，發展到全球七家報紙的三百萬份，規模之大稱之為「二十世紀中文報王」不為過譽。但是他卻是一名職業軍人，一個具有秀才氣質的兵。《報人王惕吾》書中說，「他卻喜歡強調自己的軍人出身，強調自己的軍人性格。」他「喜歡用他的帶兵邏輯來思考指揮新聞部隊之道。」他自認最大的成就是「練成一支能征善戰，攻無不克的常勝勁旅。」惕吾先生自稱辦報是外行人，事實上他做得比內行人還要好。這是因為他會「運用軍中訓練，以戰略眼光思索致勝之道。」知人善任是他的長處，信賴復旦大學新聞系出身的劉昌平先生為他組成一支常勝軍，來全盤推行報紙業務。事實上，在那個充滿禁忌的時代，他要隨時對抗黨部及主管新聞機構等方面的壓力，如非應付得宜，則報紙十分容易垮臺（如《經濟日報》即曾遭下令停刊，經運作於四天後復刊）。所以當年辦報要在爭取新聞自由之餘能維持生存發展才見功夫。

惕吾先生主張「正派辦報」，在今日新聞自由時代應是新聞媒體行事的指標。賭博已經不該在報上宣傳，「明牌」更等而下之，因為它沒有賭技，只有迷信瞎猜。民國七十年代中期以後，全臺揚起大家樂、六合彩賭風，若干報紙竟刊出「明牌」以增銷路。聯合報外埠分銷單位也要求增加此種「資訊服務」，被惕吾先生否決。近來「明牌」又上了電視，但不久即隨政府掃黑而銷聲匿跡，可知此類「歪派」行為終難久存。

近年若干媒體為爭取讀者或觀眾、聽眾，在新聞方面有時難免無中生有或小事化大，致使外界諷大眾傳播業為「製造業」，意指「如無新聞，乃可製造」，使這一行人感到臉上無光。惕吾先生依據「正派辦報」理念，反對洋人的「記者是無冕王」的說法，要求記者不可濫用新聞權力，亂發不道德不合法的新聞。照我的經驗看來，誇大不實的新聞只能刺激及吸引讀者於一時，等到被發現那是「製造品」以後，信譽喪失，再來就不靈光了。

我曾任《聯合報》主筆，工作是在《聯副》寫署名的專欄，因此頗少與惕吾先生見面的機會。聯合報在康定路的時候，他還出席言論會議。報社搬到忠孝東路以後，因為報多事繁就不再到會了。記得只有下述兩次和他單獨聯繫。

民國五十五年十月八日早晨惕吾先生來電話，說當天我在《聯副》的文章引起幾名立委打電話向他抗議，說不該罵他們是豬。他說這種讀者的反應應當告訴作者，但他並沒有談到以後下筆該如何。我那篇文章〈戲館邊的豬母〉，引臺諺：「戲館邊的豬母，聽久也會打拍。」主張依同理，「曾任立法委員三年以上者」，就可以做律師，何況這是於法有據的事情（訓政時期立委有任期，為期滿後開闢生路，才如此立法自利）。那時報章騰載，有「數以百計」的立委登記掛牌為律師，會同商人劫持官府，共謀福利。而大學法科優秀畢業生考律師卻難得中選，因為主考者須保障既得權益階級。這些青年只好幫「立委律師」查法條，寫狀子，以打下手來分一杯羹。當時曾爆發一件「盜豆案」，有立委從中拿錢硬說是「律師酬金」。律師公會大譁，為維持律師信譽，要求廢除此法。後來得到公正的立委支持，在裡應外合下，此一惡法終於廢除。我以臺諺反諷，立委不便出面更正，只好找王發行人抗議。

民國六十二年國語日報社慶日，惕吾先生親來報社祝賀，他對我說，國語日報率先在民國五十三年成立出版部的構想很好，聯合報也打算這麼辦。我說報社寫、編、校、印和發行人才充足，以出報餘力出書實在很方便。報的生命只有一天，書壽則更長久，報上有很多好文章值得靠印書保存下來。次年五月聯經出版公司成立，後來發展迅速，現在已是國內少數大出版家之一，出版品隨聯合報系中文報紙行銷歐美，是一般出版家不容易做得到的。「聯經」出書後，出版界有朋友對我說，你們報館也賣書是不是撈過界了？我說辦報用人很多，只靠賣報難維持，不得不拓展「關係企業」以裕收入。像當時的國語日報即先設出版部，為學童製作注音讀物；後增「語文中心」，教導世界各國學生學華語華文。報社有多餘的人力，大家多做事多收入，總比閒下來抱怨日子難過好些。

前一事顯示當時大報難辦，連副刊上文章都不得諷刺有力人士。後一事說明惕吾先生於領導報群之餘，仍不斷擴充文化疆域。

《報人王惕吾》書中最後記惕吾先生七十餘歲時曾向蔣經國先生表示辭國民黨中常委而退休的想法。經國先生問他「貴庚」，他答「民國二年生」。經國笑說「民國人嘛」。這樣打消了他的辭意，因蔣是民前二年生，長王四歲仍未退休。我與蔣同庚，現為慢性病患糾纏，寫作能力減退，勉成此文以追念惕吾先生，並示不服老化的鬥志。

（民國八十六年三月）

送元瑜上天堂

老友夏元瑜因肺氣腫七月十三日住進中心診所，隨後心肺功能逐漸衰竭，似是油盡燈枯，八月一日晨十時如北平話所說的「一口氣上不來」，平靜安詳的走完人生之路，享年八十六歲。近年元瑜與病搏鬥，屢有起伏。我們國立北平師範大學附屬中學在臺校友有一個單月餐會，去年一月的聚會元瑜吃了一半，就說不能支持，當即由田長模同學送他進醫院。以後的會他多次缺席，反映了病情不見好轉。他說過，如果要在外面多停留，須帶一罐像廚房用的瓦斯罐那樣大的氧氣，下面有輪子拉著走。也有小型氧氣瓶，可以放在衣袋裡，但是用的時間較短。我沒有見過這種助呼吸的利器，不知道他說的是事實還是誇大，不過卻聽說他在去中心診所以前已經離不開氧氣面罩了。我們這個集會會員皆已七老八十，大家都有見一次少一次的概嘆，因此絕不輕易缺席。像在臺中市坐輪椅的朱文鐸，每次請人推來吃飯後再回臺中，可見同學情誼之深厚。

我與元瑜有同宗，同年和同學「三同」，加上同胞為「四同」，就是撲克大牌了。我的九妹名「承瑜」，附中同學反而猜想和他是「瑜」字輩兒的兄妹。我們都是南方人（他杭州，我南京），在北京長大。在附中他比我高兩班，高中他讀理科我文科。他個子高，腰彎彎的，卻不打那時附中稱雄華北的排球，是屬於書癡型的學生。我是排球校隊選手，冬天滑冰也不錯。彼此學科和運動都不同，因此在中學少有來往。上了師範大學，他理我文，不在一處上課，更見不到面。

元瑜民國三十六年來臺灣，在新竹工作。次年我來臺，到新竹去看他，「他鄉遇故知」為人生一大樂事。後來他辭官改做標本教具，以應學校及動物園需要。我見到他時勸他到臺北「奔嚼裹」，我說：「北平人有話，『人挪活，樹挪死』，憑你這兩下子，到臺北折騰折騰，路子寬多了，再說臺北老同學、老朋友也多，大家常聚聚，也不枉離鄉背井，來臺一場。」後來他搬來臺北，果然大展長才，教書、演講、寫文章、上電視廣播、做標本，各方邀約不斷，忙得不亦樂乎。我怕他在新竹被埋沒，也是根據自己的經驗。當年我來臺後找工作，高雄煉油廠廠長賓果（也是附中同學）為我在廠旁一機構找到一份差使，但是卻勸我還是臺北機會比較多，我回臺北呷到頭路，證明他的觀察是對的。

民國五十九年元瑜寫了幾篇文章寄給我，要我找地方發表。我交給《國語日報》刊登，讀者反應熱烈，紛紛打聽這個學識淵博，文筆幽默，用北京腔談古今事的是什麼人（也許是讀者的好奇心引起了元瑜的隱匿真相，冒充老人的動機，以便倚老賣老，筆無遮攔）。隨後報紙雜誌向他拉稿，他都能應付裕如。他是一個「與鳥獸同群」的人，卻能從媒體上發表的資料引古證今，兼及科學原理的侃侃而談，實在是不容易。到了民國六十四年，海音主持的純文學出版社為他出版第一本文集《老生閒談》，很受讀者歡迎。六十五年又出版《老生再談》，奠定了他的為文出書的基礎。這也是他自稱一生從事「東鱗西爪竹頭木屑的雜學」中最喜歡的一個項目，因為文章刊印比電視廣播上播出更耐久，絞腦汁所用的精力不算白費。

世人通稱元瑜為「老蓋仙」，他也很喜歡這個封號。我想「老蓋仙」就是「吹牛大王」的意思，是一個古已有之的名詞。他在《老生再談》的〈自序〉中說他寫文章是：「東抓把雞絲，西抓把木耳，湊上幾片瘦肉和腰花，勾點太白粉，一炒就是盤『全家福』，不論哪位也能挾上兩筷子。談不上文藝，更扯不到作家。菜中原料全是別人的，我不過是太白粉而已。這就叫做『蓋』，把若干不同的原料加上點太白粉『蓋』在一塊兒。不過『蓋』亦有道，不可『以無作有』，『以不知為知』，頂多誇大一點兒，強調一點兒，加點兒輕鬆成分，以博讀者一笑而已。」「蓋」字就從這兒出來了。這本書中有〈蓋仙考〉一文，說「蓋」與「吹」同義，凡人「能說善道，口若懸河的，蓋中之尤，稱之為『蓋仙』，誰曰不宜。」「蓋仙」又出來了。他在文中舉出歷史上若干聞人奉為「蓋仙」，包括蘇秦、項羽、伊尹、王莽等，似亦言之成理，反正信不信由你，只是讀來覺得逸趣橫生而已。

元瑜對於年齡與老化比較敏感，這和他的「文弱書生」的體質大概有些關係。他自稱「老生」和「老蓋仙」，想是提醒自己在老化中。他六十多歲的時候演講，卻對聽眾說：「我今年八十歲了！」對讀者、電視觀眾和新朋友他愛以「年貌不符」的形象出現，以大家的將信將疑為樂。古蒙仁的〈老蓋仙夏元瑜之謎〉一文中，談到他初次見到元瑜，見其西裝筆挺，頭髮濃黑，以為是五十許人，實際卻是七十歲了。就我所知，他看著年輕是染頭髮和「做臉」的結果，他常出席公眾場合，不能不利用一下化裝術。蒙仁文中談到，元瑜對「老蓋仙」封號有一解，即是：「天上眾神多如牛毛，就少一個『蓋仙』，等『老蓋仙』一報到，天庭的列神列仙便已全員到齊，可以開同樂會了。」這是他想到天堂而編造的故事，沒有人能證明這種集會之有或無。蒙仁文中又談到七十六、七年間股票狂飆，元瑜也參與買賣，並親自到號子交割，詳細記錄進出，真是難為老人家，不知股市崩盤時他是否全身而退。元瑜也和我談過此事，我是門外漢，不能贊一詞，只是說，股票於我如浮雲，不玩股票就不會為它煩心。我想元瑜細心巧手，能把死老虎剝製成活的一樣，對於觀察股市當不致離題太遠。

五月二十八日我們的餐會輪由方賢齊及趙浡霖兩學長作東，屆時夏嫂趙震英出席，帶來一紙短箋，文為：

何凡兄：

原盼今日得以參加，但喉啞蓋不出音來。想自參加以來，初則與曹尹二公，十年均已謝世。又與朱兄合作，朱兄則二次受傷又復多年，今則自己久病不癒。雖無迷信吉凶之思，但心中十分不悅。故陳管見，不知將九月之聚改為八月或十月，以求安於心，朱兄或有同感，請代向列兄言之，若另有高見則更為妥當。

諸學長
學姊 寶眷均安好

弟 元瑜拜

信中所說的曹、尹為曹啟元及尹叔明，朱為朱文鐸，都是先後安排和他同組作東之人，後來病逝或負傷，使他心生忌諱。他應於今年九月與朱文鐸及魏憤之聯合作東，不知何以避過九月才能安心。那一天席間朱、魏決定改為十月，但是無論提前或延後他都要永恆的缺席了。

我們這個小聚會近兩年間先後病逝黃維敬、田長模及唐宜三同學，聚會時人到齊以後，環視左右又少一人，大家既痛逝者，行自念也。元瑜比前記三人更年長，病情不見好轉，感慨自然更深。今年四月十三日郎靜山逝世，元瑜對太太說：「下一個就是我了。」他想為郎老寫一篇紀念文章也來不及動筆。近年他搜集父親夏曾佑和哥哥夏元瑮的文章，準備整理問世。哥哥的作品已集結有成，影印若干份分贈各大圖書館。包括成大陳之藩教授得到的當年元瑮與愛因斯坦的函件。父親的作品在集合中，將由元瑜女兒夏麗蓮完成遺志。

元瑜對於上電視及對眾演講都有興趣，他常說：「有人愛聽我蓋我為什麼不抖落抖落學問，只要價碼兒合適我就去。」老年人出差外地有時也很辛苦。有一次夜晚走出一家電視臺摔了一跤，事後我勸他說：「你歇歇吧，別爬散了黃兒。」（小時家裡買來一簍螃蟹，我們兄弟偷偷兒把簍子打開，看螃蟹在院子裡亂爬為樂，母親看見就喝斥說：「螃蟹這樣會爬散了黃兒！」大概是說螃蟹運動過度即不肥美。）我是覺得元瑜體力本衰，該多休息。他說友情難違，而且他也喜歡這個調調兒，只有量力而為了。近兩年他較少出門，卻常主動的與老友、雜誌編輯和媒體記者等電話接談，他通話時不說自己是誰也不問對方是誰，直接進入主題，例如我聽見鈴聲，拿起耳機，他立刻說：「我說，咱們附中老師裡面的『八大』我怎麼想不齊全，石大王，吳大個兒，陸大嘴，程大鼻子……還有誰來著？」我說這是七十年前的老話，等哪一天我跟別位老同學一齊想一想，有了結果再奉告。有時他的話說一半，咳嗽起來，這時就有他的學生插話說：「您先別掛斷，等老師咳嗽完了再接著說。」能打電話很好，咳嗽到喘不過氣來就比較嚴重，想到他終日與氧氣罐作伴，心情之寂寞與焦急可想而知，和朋友通話證明自己的存在也慰情聊勝於無了。

元瑜的第一本書《老生閒談》要我寫序，並在他的自序裡說，我拿他的文章在《國語日報》上發表，是打開了他的「生活的新頁」。他在第二本書《老生再談》的〈自序〉裡又說，要我為他的首冊寫序是為了介紹他是「從哪兒冒出來的」，意指在年齡上他雖然是老生，出書卻是新手。但是這二十年來他出版了約二十本書，已成為多產作家了。

我為《老生閒談》寫的序文的最後一段說，寫序不能推辭，「不過有一件事是歉難應命的，就是他在〈告別式〉一文的結尾說：『我不反對祭文，不過要言之由衷，譬如我有一天蒙天主相邀了，何凡來念一篇白話祭文，語言中還許幽我一默，我也必在棺材裡哈哈大笑說：『老夏啊！說得太好了，咱們一塊兒走吧！』他信主，有天堂，『蒙主寵召』之日有好地方可去。我生前無『主』，死後無天堂，既然歸不了主，還是在這個險惡紊亂的世界上混混算了，我會對元瑜說：『宗兄啊，您是升了天堂了，可是那兒連違章建築都沒有我的份兒，再說這兒我還有點兒小事沒辦完，您去享福吧，我不陪您啦！』」這是二十年前我們哥兒倆開的一個小玩笑。現在元瑜已經到天堂報到，可以出席眾仙的同樂會。我的人間俗務沒完沒了，現在又要為他寫紀念文章。我這一輩子寫過千言萬語，獨缺祭文，因此白話祭文只好「從缺」。

想來臺灣電腦業進步神速，世界馳名，如果有一天能發明人天通訊方法，咱們哥兒倆還能利用太空電話，暢敘離情。

（民國八十四年八月）

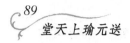

記聯姻莊府

民國五十九年六月的一天長女祖美自美打來越洋電話，說她要和莊因結婚，問我是否同意。我說：「你同意我就同意。」如此一言為定，緣訂終身。我沒有見過莊因，但是卻相信女兒的擇偶能力。我與海音有三千金，如長女婚姻美滿，對二、三女也有示範作用。現在證明我已如願以償。二、三兩女皆得到稱心夫婿。三女共育四男，已有三人大學畢業，最小的也在讀高中。他們在外讀書做事都能正常發展，不惹麻煩，是我們二老引以為慰的。

今年一月底莊因自美來信，附寄一封他說是「歷史文物」的莊老太爺慕陵先生五十九年八月二十四日寫給他的信。我來臺五十年，公私書信往來都是用的洋筆或打字機。現在看到中國書法家的毛筆家書，一筆不苟，可作字帖用，大有眼光一亮之感。信上告訴莊因，他邀冰人洪炎秋老先生到我家求親，洪先生在臺「清望最高」，和他又是北京北大同學。洪公與我是老友，並是國語日報同事（我與洪公在北平相識，我於三十七年底來臺即應邀到國語日報工作），因此他請洪出馬提親「分量相當之重」。由於事先洪公已到我家徵得同意，見面後可說是「水到渠成」，不須多說客氣話。信上又說，訂婚結婚之事「一切由你二人決定」，「兩家四老等於聽用」。

事實上，我想我們這一代的父母對於兒女婚事已不能「妄作主張」，辦喜事時能夠「隨傳隨到」就很不錯了。信末說，此一聯姻「是家中一項大事，我的向平願了，心情自覺怡然」。我們夫婦亦有同感，女大當嫁，在異國能夠自行找到適當對象，當然了結家長一椿心事。

上述是民國五十九年間事，而我們結識莊公則早在民國四十幾年的某一日。那時故宮國寶搬到北溝，負責人之一的譚旦冏先生是我們北平世界日報的同事。我們到北溝去看他，他用江西國語為我們介紹說正宗國語的慕陵先生，相談之下，果然因「語同音」而極歡暢。那時我家在臺北住半棟日式木屋已覺簡陋。他們的房子用竹木塗泥為牆，露天洗澡時頭頂上星光明亮，卻不以為異。當時我曾主張在臺北建立博物館展出國寶，以提高國家地位，並充實故宮經費，使之具有世界上一流博物館的規模。他們表示同意，但是覺得在戰亂時期建館諸多困難，好在古物既已安抵臺灣，他們過著「茅茨土階」的「老宮人」生活，隨遇而安，充分的表現了中國讀書人的從容開朗的氣質。在外雙溪的故宮博物院後於五十四年落成，現已馳名世界，為自由中國特色之一。

慕陵親翁逝世的時候我曾為文悼念，認為兩家都是文化人，因此談得來。惜慕老認為是「生活中很重要的一部分」的酒我不能奉陪。書法也不行，因為我雖以寫字為生，用的卻是原子筆。對舊詩寫作與骨董鑑別更插不上嘴。我的結論是雖然聯姻這樣一位「十八般文藝」件件精通的親家老爺，去請教的機會卻很少。近讀余光中先生的〈酒蟹主人饕餮客——讀莊因文集《飄泊的雲》〉一文，首稱像北京莊府這樣的「一門五傑」在文藝界是創紀錄之事。五傑之首自是尚嚴（慕陵）先生，以下依次為申、因、喆、靈四兄弟，他們在文學藝術方面皆有專長。余文次談莊因以「酒蟹居」命名他的加州寓所，文集中多談吃，「饞相可掬」。由此我想到祖美的婚後生活。祖美好家務，家裡整潔為親友共稱。莊因愛吃，祖美愛下廚，這樣配合，「酒蟹居」遂以「吃得好」聞名親友間。遠地親友到金山，常到莊府打尖或投宿，都受到熱誠接待。我們二老聞之寬心，因為夫妻志同道合總比二人諸事不協好得多了。

光中文中談到尚嚴先生「是著名書法家，以瘦金體見稱」。記得國語日報成立出版部的時候，我曾請莊翁以瘦金體寫名牌，懸出後行人皆甚欣賞。書法是我國固有文化，拼音文字不足以談書道。可惜到了莊翁這一代，會寫字的人越來越少。近年小學又加授英語，橫文日多，直字日少，漢字藝術將逐漸消失，是可憂慮的一件事。莊因幼承庭訓，長為書家，在美常有人「敬求墨寶」，百忙中還要陪上精力時間與紙墨，這在資本主義社會似不甚合理。他在美國開過書法展覽，觀眾頗多。今年暑假後將自史大教職退休，更多寫字時間，但是如將「墨寶」成為「有給」品恐無可能。

尚嚴親家百年冥壽紀念徵文到我，我近年為風濕等慢性病患糾纏，頗少執筆。但是想到因聯姻莊府而得快婿，似不可以無記，遂壓榨消失中的記憶力，書出往事如上。

（民國八十七年七月）

「流亡年代」的素描

二十世紀是人類遷徙最頻繁的一個世紀，世界上百餘國家幾乎沒有一國發生人口凍結的現象，少數國家即使本國人不移出，也無法阻止外國人移入。移民可分良性與惡性兩種。良性是自願的，人往高處爬，只要力之所及，就奔向自己所嚮往的國家，求學、就業，然後定居，這佔少數。惡性是遭受天災或人禍的迫害，人民不得不離鄉背井，到異地異國去「苟全生命」，日後視情勢變化，再決定行止，這佔多數。

天災可以推說難以避免，但是如果預防得宜，損害也可以減到最低限度。人禍主要的是戰爭，從本世紀到今天，世人沒有一天得過太平日子。兩次世界大戰一共打了十二年，幾乎全世界的國家都捲入戰團。這兩次戰爭幫助了共產黨的壯大，他們在短期間裡「解放」了數十國。但是在共產黨專政下的人民怕死了那種「社會主義天堂」，寧願冒險亡命天涯，去過難民生活。柏林圍牆的建與拆，可以十足表明世人對共黨政權的恐懼與憎惡。此外還有許多鄰國間的長期戰爭，一國內的種族、宗教與黨派的戰爭。軍閥政客爭權奪利，不打仗就活不下去，而多數的善良老百姓就流離顛沛，受足苦難了。

祖麗民國七十五年隨夫婿張至璋帶著兩個孩子到澳洲，在南十字星座下安家立業，我們臺北二老也可以稍釋遠懷。

祖麗在異鄉相夫教子及求學之餘，經常為文寄臺發表，報告澳洲見聞，集結成《異鄉人・異鄉情》一書，由「九歌」出版。我翻閱全文，頗多感慨，因為我們當年也是從北平空身出來，在臺灣白手成家。他們去澳洲是應邀就業，情形順利多了。書中所記多為形形色色的移民或難民生活，從避溼寒追陽光而來的英國人，到乘木筏出海千辛萬苦偷渡的越南人，無論悲歡成敗，每一人一家都有一個曲折動人的故事。過去有人說，中國抗戰八年，到現在還缺乏一部可稱為代表作的描寫當時國人悲壯生活的小說。二十世紀雖是科學發達生活最進步的時期，同時也是人民死走逃亡，家庭分崩離析最劇烈的年代，也該有一部代表作來記述這個即將結束的「流亡年代」，因為共產帝國此刻已到了「殘燈末廟」的階段了。如有小說家將本世紀的流民圖形諸文字，則所記述的那些真實故事皆有作為寫作素材的價值。

祖麗在〈望鄉的墓園〉篇中，記自一八五四年起，即有數千中國人到澳洲淘金，在礦坑裡過著暗無天日的生活，並受到當地人的殺戮迫害，發財未成功，生命早終結。在當地的「白丘墓園」裡就埋有一千個中國孤魂野鬼，年齡都不超過四十歲，澳洲人受不了中國人吃苦耐勞長處的挑戰，於一八八七年推行「白澳政策」禁止非白種人入境，此禁令到一九六六年才告解除。人口、土地與資源分配過於偏差，亦為世界動亂的基本原因之一。聯合國欲求長治久安，應有計畫的勸請各地廣人稀的國家開放門戶，酌收外籍移民，以增加本國人力，並疏解那些擠得人吃人的國家的亂源。

華人移民異鄉約分三個階段。就美國說，初期去的多做修鐵路、挖礦的苦工，故此「中國苦工」名傳海外。次期多為開餐館或洗衣店，而以「三把刀」服務討生活出名。近年除了青年留學，年老退休以外，投資設廠及技術應聘等移民都在增加。可證我們的移民的素質已大為提升。國人在那些自由競爭的社會中，如能發揮固有的苦幹而守法的精神，是不愁不能出頭的。

在《異鄉人・異鄉情》書中的〈寂寞無邊地〉、〈夕陽無限好〉等篇，介紹澳洲老人村生活，可說設備完善，照顧周全，對老人設想十分周到。從前有人說美國是「孩子的天堂，中年人的戰場，老年人的墳墓」，其實美國政府對老人照顧比臺灣完善很多，因為他們在高稅收上早已列入「養老」的項目。反觀臺灣，數十年來，由於子女紛紛外放，「養兒防老」的舊家規已經無法維持，政府勢必要負起奉養「資深公民」的責任。近年臺灣公私立的養老院在逐漸增加，但是辦理情形猶有遜色，故此澳洲的做法值得我們借鑑。又，〈移民的不歸路〉文中，談到日本政府本世紀已經移民八十多萬人到巴西，現在因為六十五歲以上人口已佔總人口的百分之十點五，日本將成為世界上最早出現的「老人國」，故此特別鼓勵退休人員到外國定居。臺灣人口壓力日益嚴重，日本鼓勵老人找天寬地闊的國家定居，不失為疏散國內人口的一個新方法，好在今日交通方便、通訊發達，幾乎任何相距遙遠的兩地，皆可朝發夕至和即時聯絡，天涯不過咫尺，四海自有一家之感了。

書中後半部主要是對於今日澳洲的風土人情的描述，值得移澳的國人的重視。澳人原為英人後裔，但是階級觀念卻不如英人重。「白澳政策」之解除，是時勢使然，因為那時共黨猖獗，在全世界製造大量難民，澳洲地廣人稀，如不准這些難民登陸，將為世界輿論所不容。至於近年澳洲政府歡迎的「投資移民」及「技術移民」，則對澳洲的經濟與技術發展有很大的幫助，相信澳洲政府對這些人當有「相見恨晚」之感。而移民入澳的人亦當入國問禁，入境問俗，遵守當地法令，參加社團活動，做一個文明守法的異鄉人。是則祖麗此書亦不無可供參考的價值了。

〈李陵答蘇武書〉中有句曰：「遠託異國，昔人所悲；望風懷想，能不依依！」今昔勢殊，祖麗等能移居遙遠而安定的澳洲，已是可喜之事，只是依依之情仍所難免耳！

（民國八十年十月）

回家帶來愛

自民國七十五年二女祖麗移居澳洲以後，我們這個一子三女的六口之家就剩下二老固守「家屋」（公寓樓房無園），為遠適異域的子女做做後勤工作。隨後我們分別去美澳探視四家，享受他們親切的款待。他們回來次數更頻繁，不論停留長短，皆以我家為基地。我退休多暇，為了歡迎歸巢倦鳥，熱心插手家務事。煮稀飯、泡泡菜，自覺正點；沖生力麵更是專家（去年外孫張佳康來臺參加僑生冬令營，他說臺灣的生力麵世界第一，我告訴他沖泡技術也不可忽視）。對電視節目可稱熟習，食店點菜亦不後人，這使異鄉來人感到方便。

今年一月底，兒子夏烈來陪我們過舊曆年，原來女兒、兒媳也都要來，但是因為假期和機票不易湊齊，因此延到三月。自三月二十日到四月十一日，依次二女祖麗、長女祖美、三女祖葳及兒媳龔明祺先後來臺，四月十四日至二十二日各自回防。

這一個月家裡因有四位交遊廣闊的女將進駐，立刻熱鬧起來。電話、訪客、函件及取送物品次數都在增加。我亦欣然負起應接工作，頗有「老而不衰」的成就感。她們將各人活動日程開列在電話機旁，我照單答對，即不至誤。來電預約事項，隨手記錄，人老記憶力減退，須用文字補救。平日我在書桌旁掛一大字日曆，將約會及預定文稿寫一標籤黏上，如果記得撕日曆，就不會忘懷。

四人來家住宿，夜晚要打地鋪，她們喜歡這樣，因為方便暢敘離情。外國生活水準較高，但大家卻是舉債度日，名為「先享受，後給錢」(Enjoy now, pay later)，買房子分期付款數十年，汽車也要幾年，到時不付，罪受大了。因此過日子必須量入為出，時時緊張算帳。外國人工昂貴，當家夫婦習慣樣樣「自己做」，主婦出遠門，男人也管得了家。我們的六個孫男女都已長大，大家都能妥善地照顧自己，他們的母親就可以放心外出了。

四人來臺後，服務二老，以盡孝心。祖美長於烹飪，在美國金山灣區親友間為知名人士。她進入家門先看冰箱，認為不須存留的食物一概排除，顯得心狠手辣。原擬在家做菜宴請賓客，後因親友請帖紛來，名單拆散，只好留到下次再辦了。祖麗、祖葳來時正值全民健保登記末期，我們是九百萬「保外人」中之二，她們四處奔走，為我們領到健保卡，歸來對區公所及健保局職員服務的熱心親切表示驚喜，認為是臺灣公務進步的表現，我們聽了也很高興。明祺配合海音的糖尿病食譜，潔治素食，席間談到我們的第三代的一女五男讀書就業皆能正常發展，亦不與當地菸酒貪玩青年合流，聞之頗以為慰。

我們三十七年從北平來臺灣，那時最大的孩子夏烈才七歲。轉眼間過去四十七個年頭，孩子們都遠走高飛，在異國成家立業。亂世流離，年輕一代能夠自謀生路已經難能可貴，舊式的聚族而居已不可能。好在現代交通便捷，搭機御風飛行，萬千里可以朝發夕至。越洋電話快速清晰像是對面談天。電傳文件如學生在課堂裡傳遞紙條。天涯若比鄰，分居異國的老人與子女聯絡方便極了。此次她們的假期快結束時，商量下一次是湊齊了還是錯開了來臺。同時來比較熱鬧，逛街購物也有商量。錯開時可以使我們得到較長的陪伴。我想兩樣都好，能夠併行我們更歡迎。

我家來臺後又分出四戶，現正企盼第三代新家庭的出現。家族繁衍為人生一樂，但亂世又將家人拆散。這次中生代四女生回家帶來親子之愛，是我們「七老八十」者生活中的一個快樂的插曲。

（民國八十四年七月）

喀喳一聲以後

愛照相是海音從學生時代就養成的癖好。當年在北平收集了不少照片，來臺倉促，全沒有帶出來。文革時全部銷毀，無從複印再生，等於多年的紀錄一筆勾消了。來臺後攝影生活又恢復，近年快印機店隨地開設，傻瓜相機手到擒來，對愛照相的人真是方便極了。因此我看她在百忙中常常桌上鋪滿了照片，分別裝封寄贈親友，得到回謝的消息，更增拍攝的興趣。家存照片分門別類，裝了一百多冊，塞滿幾櫃櫥。將來「傳家有照」，真夠瞧的了。

《奶奶的傻瓜相機》專欄是海音站在奶奶的立場，根據多年來拍的各種照片寫文章給青少年看，遊記、史地和家人親友的生活情況融為一篇，都是這種簡便易用的傻瓜相機給引出來的靈感。

這次桂文亞主編要為奶奶出書，並索稿到全家，聲明無人可以免役。孩子們逐一寄稿來臺，最後輪到爺爺本人。其時正在夏烈為我安排赴美看「世足」之後，在美看到兒女三家情況，回臺又收到澳洲家書，得知他們都家宅興旺，工作讀書發展正常，下一代亂世遠適異域，總算奮鬥有成，於是老懷彌慰，不由得拿起筆來。

由於子女外出已久，同時書中多談到他們的童年，因此他們為媽媽的這本《奶奶的傻瓜相機》寫的文章也都回想到舊事。如夏烈追述四十六年前他降落到上海虹橋機場往事。那一次我們夏、林兩家八口都是生平第一次作空中旅行。其時飛機破舊，班次極少，所以孩子可以在跑道上跑來跑去。回想當時分兩次出發實在是很大的冒險，因為如果我們的後續部隊得不到機票，後果就大不相同了。

三個女兒祖美、祖麗、祖葳的文章都是寫實之作，知母莫若女，她們把媽媽日常生活看在眼裡，記在心裡，現在寫出來開開玩笑，也足以見其母女情深了。祖麗說媽媽「勤奮」是事實，因為我們來到臺灣已是無產階級，一切要從頭做起，只有多兼工作，多寫文章，才能把家庭撐起來，盡量改善家人生活。我在三十年前出版一本《三疊集》，就是描述當時我獨佔三蓆斗室，寫作、閱讀和睡眠的日子。我們傳家並不講道，只是以身作則，不為無益，努力贍家，子女看了自會受到影響。我常想，家庭的每一分子都有責任「努力讀書和做工」（我北平師大附中校歌的末一句），並保持健康長壽，不要讓家人擔驚害怕，大家都過著正常快樂的日子，互相鼓勵支持，才能享受美妙的人生。

要想記錄這樣的人生，在我的上一代時候，要大家打扮許久，請了「照相館的人」來家，支起一架子，多番擺弄，才留得下影像。現在只要掏出一個小黑盒，舉起來喀喳一聲，人的肉體與靈魂就完全收入。奶奶不需現代精密科技，只要手指摁得動，鏡頭前的人就無所遁形。從前我的奶奶整天躺在床上抽大煙，現在孫子們的奶奶四處跑的拍照片，時隔數十年，變化夠大的了！

（民國八十三年十月）

歲月如流，人生已無憂

二女祖麗自澳洲來臺，抱了一大包她應「天下文化」之邀為她母親寫的傳記《從城南走來——林海音傳》的底稿，要我審訂。她為蒐集資料費了很多工夫，整理運用更是繁重。我與海音這一輩子只住在兩個城市，前半在北京，後半在臺北。民國三十七年（一九四八年）祖麗來臺時還是抱在手上的嬰兒，她對北京沒有印象，為此她特地去了一次北京，訪問南城夏、林兩家故居與親友。到時才知房子被分配給多家居住，我們結婚時住的三間小樓已因年久失修，自行倒塌失蹤。我們走動多年的永光寺街和南柳巷街道還在，聽說不久那一帶也要拆蓋樓房，如工作完成，「城南舊事」將成陳跡了。

祖麗今日為母親寫傳，使我感到驚喜。因為回想到她五歲的時候，有一天忽然發燒瀉肚，昏迷不醒。急請住所附近的謝醫師診治，他說是「自家中毒症」，囑留在診所樓上病房裡，說過了當夜，才能脫離危險。我與海音在病榻旁坐了一夜，看著昏迷的祖麗，相對無言。次晨謝醫師來診治後，說四十八小時的危險期已度過，我們才放下心來。謝醫師說這種病在臺灣常見，從前死亡率高到百分之四十，在鏈黴素、盤尼西林等藥來臺後情況就好多了。現在祖麗能為病中的老母作傳，人生多變，時間決定一切，感慨最多的自然是我了。本來女兒寫媽媽可能較難客觀，不過，因為她們兩人共同生活與工作數十年，相知甚深，筆下自會親切真實，與其他速成傳記或有不同。

我與海音自民國二十三年（一九三四年）在北平世界日報結識，到現在已經共處六十六年。我們最長的分離時間是四個月，這是因為我們的工作互相配合，彼此依賴。例如她編副刊或月刊，我為她寫專欄或其他譯作；我編月刊，請她做助手；她辦出版社，我無版稅出書。兩人總是一天忙到晚。我出國開會她常偕行，真是忙裡偷閒，增加生活情趣。看電影是我們的共同嗜好，從相識起到她腿疾時止，我們進出影院已超過六十年。後來有電視可看，更省了換衣坐車的麻煩了。

家務事我通常不管，因為我下班回家還要寫作。海音喜歡當家做主，我樂得省心，遇到大事時，她會徵求我的同意。我們在臺北已經住了五十二年，其間搬家四次，都是她先去找房子，再由我決定取捨。海音做事乾脆俐落，並富創造精神。她十三歲喪父，母親無力出外謀生，她就帶著一弟三妹把家扛起來。她編《聯副》十年後離職，不久即獨力創辦純文學出版社，二十餘年間出版幾百本書，營業情形良好。後來海音自覺已到退休年齡該歇歇了，就在開業的第二十七年宣告結束，符合所謂的「見好就收」的工作精神。

在海音主編《聯副》及主持純文學出版社期間，我們家中常有文友聚會。吃飯談天兼拉稿子，文藝與休閒合而為一，可謂公私兩便。我於夜間九時趕完稿子，放進樓下信箱，等報社信差來取，才從書房解放出來，參加舌戰。

家中子女四人讀書做事都能正常發展，我們並未嚴加管教，因為我們不是那樣的父母，也沒有那麼多的時間與精力。我們生活謹飭，無不良嗜好，可能對他們有示範作用。我們這一輩子沒有為子女煩過心，因為他們皆知自愛互助。子女不惹麻煩，父母才能專心工作，使家庭生活寬裕。現在他們的下一代已有六人，最小的暑假後也念大學。歲月如流，我們這個家族即將進入新的世紀。人生到此，除了照顧健康以外，可以無憂矣！

（民國八十九年八月）

從永不分離到相對無言

我於民國二十三年畢業於國立北平師範大學，隨即由譚旦冏先生（前外雙溪故宮博物院副院長）介紹，進入北平成舍我先生主辦的世界日報作編輯，那時候海音也從成先生辦的北平新聞專科學校畢業，進入世界日報工作，我們被分配共用一個舊三屜桌的抽屜，各持有一把鑰匙，加上兩個人興趣相投，很自然的就在一起了。曾經有人問過我：「你們兩個人都寫文章，能不能把情書發表幾篇給大家看看？」那時候沒有限時專送或快遞，寄一封信要好幾天，我們都住城南，兩家距離很近，天天見面。即使有事，留個字條在抽屜裡就行了，所以沒有情書。

我和海音是民國二十八年在北平結婚的，後來陸續生了祖焯、祖美、祖麗，來到臺灣後，又生了祖葳。民國三十七年底，我和內弟林燕生帶了夏、林兩家八口來臺灣，這是我們很有遠見的一件事。海音自民國三十八年底接編國語日報周末版，一共編了五年。當時國語日報因為經費短絀，周末版沒有稿費，每週要靠同仁撰寫，來填滿這三千多字的整版篇幅。海音在那段時間化了各種筆名寫了不少文章。我除了以「陳迎」筆名，每週寫一篇「周末漫筆」外，也撰寫其他文章或翻譯一些外國作品。

那時我們住在臺北重慶南路三段的宿舍裡，我有一間三疊室書房，海音則在長廊的窗戶邊上擺上一張書桌，我們全家六口住在十四疊半的榻榻米上。我和海音白天上班，晚上熬夜寫稿，兩人同心協力照顧家，家庭生活愉快，寫作力旺盛。

現在翻看當時的周末版，裡頭有談觀念、談生活、談戲曲、介紹新知、散文、翻譯外國故事、笑話，可謂包羅萬象。

海音個性開朗隨和，與報社同事相處融洽，週末總有同事來家裡吃飯聊天。逢年過節，我們也會約一些離鄉背井的單身同事來家過節。當時國語推行委員會也設在植物園內，會裡的成員都是讀書人，對於年長男士以「公」尊稱，對於年長結婚女士則以「先生」尊稱，海音被稱為「林先生」就是那時開始的。

後來，海音主編《聯合報》副刊，我除了白天在國語日報上班外，晚上回到家，還要為《聯副》寫「玻璃墊上」專欄，每星期四天，其餘三天要應付其他若干雜誌的邀約寫稿。海音在編副刊外，也要寫文章，家務就交給岳母打理。後來岳母一家搬出去後，海音還要兼職做飯，因為忙，脾氣有時比較暴躁，發出怨言。我的應付方法是「不搭腔」，過了一陣後，她也就不說了。

海音晚年得了糖尿病，身體各部分都受影響。五年來，他在臺北中心診所出出進進。去年八月一日，他因心肌梗塞，被送入石牌振興醫院。我起初問他什麼事，他還知道搖頭點頭，這就是中國老話說的「中風不語」，後來他一直在昏睡之中，我們就無話可說了。從前人說結婚有金婚、銀婚，結婚六十年叫鑽石婚。我們結婚已經六十二年，不知道還有什麼比鑽石還要珍貴，還堅固呢？

我和海音自民國二十三年起相識，至今已近七十年，我們志同道合，他編我寫，或是我編她寫，或是我編她協助，到了晚年仍在蒼茫的暮色中加緊腳步趕路。如今趕路的人走了一個，中國的老話說，老伴兒走了一個，另一位也不會停留太久。但是另一種說法是，子女的壽命是承繼長輩的遺傳，所以我現在是處於進退兩難的困難境界。

（民國九十年十二月）

社會篇

何必為犀角虎骨挨罵？

談動物故事的書上說，象在世界上沒有敵人，牠們的惟一的敵人是人。這話有道理，因為成年的象平均體重一萬二千磅，兇猛如獅虎也不敢去碰這種龐然大物。但是人為萬物之靈，就有種種簡便方法殺象而取其牙。《左傳》上說：「象有齒以焚其身，賄也。」又說：「匹夫無罪，懷璧其罪。」就像臺灣的有錢人因為坐賓士車而被綁票一樣，都是因財而惹禍。同時這也可以證明，在西元以前許多年中國人已經注意到保護動物的必要，可稱為斯界的先知，只是那時人少象多，「焚」象沒有到接近「終結」的程度，也就不成為問題了。

在象因齒喪生以後，犀牛又為角而被人類屠殺到接近滅種的階段。於是英國的愛護動物人士又出面干涉，他們不追問非洲等地的推銷犀牛角粉，卻只指責臺灣的中國人用重金收購犀角大量囤積，給我們扣上一個「犀牛終結者」的醜名，並發起抵制臺貨以為經濟制裁。

說英國人又出面，是因為三十年前英女王之夫愛丁堡公爵曾為犀角與華僑發生爭論。一九六二年六月愛丁堡公爵在紐約為保護稀有動物發表演說，談到中國人相信犀角可以壯陽，以後犀牛被濫殺到有滅種之虞，他說這是一種「不能理解的信念」。當時香港有一家中文報反駁，說他的話「可笑」，因為英國人早就認為蠔和黑啤酒有壯陽的功能。同年十一月六日女王夫又在倫敦世界野生動物基金會發表演說，說這次他不指出是什麼人相信犀牛角粉有什麼奇效，只是想到犀牛正被偷獵到快滅種的地步。他說，如果這種奇怪的信念是基於形象的話，那麼這些人把舊椅子腿磨碎服下就行了。給女王做丈夫本來是「帝國閒缺」，現在出面保護稀有動物，也比專心打高爾夫球好些。現據國際保護動物機構的調查，這三十年來犀牛數目已經大量減少，目下全球犀牛已經不到五千頭。這個責任大部分扣到我們頭上，因為我們吃得起這種貴藥。

我們舊有的「吃什麼補什麼」之說，在這個醫藥發達時代已經「不足採信」。至於英國人認定的蠔能壯陽，從形象上說更是一種性的錯亂，應該說它可以「滋陰」才對。三十年前臺灣報上就充滿了治療腎虧的廣告，包括：女士為男人治療，保證「當場有效」；活殺梅花鹿依「清宮秘方」配製全鹿丸以救陽痿等。這類廣告今天報上登得更鉅大、更明顯，難道腎虧是中國人的「國疾」？想來政府不取締與民間觀念不進步應負責任。現在公交會成立，對於騙人的健腎廣告應當不再寬容。試想美國政府要登的菸酒廣告都擋回去了，那些賣野藥的廣告有什麼碰不得？

其實臺灣醫師對壯陽之道現在已經頗有研究，聽說已能裝置可以亂真的代用品，何必再出高價（每兩三千至四萬八千元）去吃犀角？在退燒方面，中醫說黃連、黃芩可以代替犀角，西醫也說盤尼西林就很好。中藥商並說，用每斤一百元的水牛角，只要劑量加十倍，療效和犀角是一樣。報上又說，據一位醫學教授發現，臺北市上賣的虎骨實際是大陸進口的大型動物的脛骨，其療效不如狗骨。這使我想起，有一年和朋友到泰國開會，在觀光曼谷市區的時候，導遊照例把我們塞進若干商店採購。走進一家藥店，店員抱出一大堆「虎鞭」來，索價亦不貴。我這時想到，除非泰國養了大群的「百鞭虎」，否則不可能有這麼多虎鞭沿街拋售。由此可知，中國若干古傳神藥不但現在有更好更廉的代替品，而且也成為若干惡徒的騙錢工具了。

提出臺灣保護動物問題的英國人約分兩派，國際瀕臨絕種野生動植物貿易調節委員會總裁湯姆森比較公正和平，他說臺灣是開放社會，大家都可以來調查，所以受到指責。像韓國根本不和英國保育團體合作，這些團體反而無話可說。他說，臺灣對動物保育工作已經做得不錯，因此他願意協助我們更上層樓。另一位國際鳥類保護聯盟執行長應柏登則說，臺灣的保育工作做得還不徹底，他說荷蘭對土地開發與候鳥棲息的衝突情況處理得很好，可以供我們參考。不幸的是，在應柏登留臺期間，又發生世界珍禽黑面琵鷺在臺南縣境內曾文溪口被射殺事情，真讓我們有百口難辯之苦。

另一派英國保護動物機構如環境調查協會（來臺調查的是該會行動部主任芮芙）之類的，則以採取激烈手段出名。幾年前他們曾當街焚燒穿貂皮大衣的婦女而鬧出人命。這次以誇大臺灣犀牛角存量而來臺指責。他們刊登廣告，鼓動民眾拒購臺貨，據說英國報上並無響應，但是他們卻因此獲得若干捐款。臺灣商界懷疑這是聖誕節前打擊臺貨的一種借刀殺人的手法。有一自稱是美國地球島嶼協會代表的藍伯迪拜會衛生署長，他足穿牛皮靴腰繫牛皮帶，高談保護動物之重要。有人問到他的靴與皮帶的成分，他說靴是友人遺物，對皮帶則無說明。他承認自己是一個「言行不一致」的人。據報載，這群人與國內若干極端保育團體有牽連，藉保護動物之名，打擊臺灣形象。所以保護動物這個正當課題，如果被利用來搶生意和鬥政治的工具，就會歪曲主題，無法達到原有的目的。

芮芙與藍伯迪又在臺北招待記者，指控臺灣是「老虎滅絕者」。他們的根據是：㈠一份雜誌上登的廣告說，一家虎骨酒廠進口二千公斤虎骨，每年可釀製十萬瓶虎骨酒。㈡估計目前在臺灣有二百到三百隻活虎關在私人籠子裡。他們的結論是：「未來十年間老虎全部滅種的情況已無法排除可能性。」我方的答覆包括：㈠中醫公會的人說，虎骨酒早就禁止，市面上有些出售的根本是假貨。㈡農發會湯科長說，私人養虎登記的共三十一頭，不登記會被鄰居檢舉，動物園裡的老虎另計。

極端保育分子的指控相當專斷，試想賣「狗骨酒」或「牛骨酒」的騙徒當然會大登廣告，以騙取虎骨酒的價錢，他們應當證實酒的真假後才提出指責。我們主管當局也該追究那個亂登廣告的商人，因為他不但「殃民」，現在已經「禍國」了。老虎是大型猛獸，數目不難統計，指控者應當說明他們查到的隻數與地點，隨嘴說說不能算數。這些人所說的十年滅絕虎種更是危言聳聽，因為全世界千百個動物園裡都有老虎，臺灣六福村動物園還曾因獅虎生多為患。除非把所有的虎的鞭都吃光，滅種絕無可能。據中國時報記者徐宗懋先生的報導，歐美各國對激進環保分子的行動司空見慣，因此芮芙等在英國的談話未見當地媒體的報導，而馬來西亞對這種傲慢的外國人則是立刻驅逐出境。他們在我國受到熱情招待，乃可大放厥詞，根據不實資料攻擊我國。這種資料據報載北市醫師公會理事長林昭庚說，一些臺灣保育人士對臺灣學者或中醫的調查一概不信，卻媚外的對外國人的陳年老資料奉若神明，這種人實在不夠客觀。我們認為臺灣保育人士應當說明他們與外國人的關連，有無提供過時資料。中國古老的格言說，「過猶不及」及「欲速則不達」，都是指一個目的正確的運動，如果執行手段過激反而達不到目的。

事實上，我們這幾年在保護動物工作方面也做了不少事。例如民國七十四年因臺南縣民眾當街殺虎出售引起非議，行政院下令禁止進口大型哺乳類動物，衛生署則禁止以虎骨作藥。農發會今年十一月十九日公告，停發犀牛角進出口及買賣許可證，並禁用犀牛角於中藥。該會現正加速進行「野生動物保育法修正案」，擬將現行罰則加重。同時規定民間「放生」須先經主管機關核定，否則要坐牢或罰款。每年墾丁公園都要拔除大批鳥仔踏，以免來為我們祝賀國慶的「國慶鳥」被我們吃掉。此外，我們曾經五次公開焚燒象牙、犀角等沒入品，以表示我們的決心。

但是我們也應當承認這個工作做得仍不夠徹底。因為黑面琵鷺仍在這時被射殺（此鳥既全世界只剩二百餘隻，不知能否先由人工飼養一部分，俟繁殖後再放生，以增加「鳥口」）。藥店仍售真假不明的虎骨酒。南部市街仍在賣烤伯勞。此外，目前還沒有列入保護名單中的燕窩、魚翅仍為餐桌上珍品，並開設多家以賣魚翅為主的餐館。臺北華西街仍在表演活殺毒蛇及吞蛇膽、飲蛇血、吃蛇羹，並成為外國遊客的觀光要項。蛇雖未上保護名單，但是如此殘忍野蠻的吃法，亦有傷國人顏面。

保護稀有動物是世人的共同呼聲，也是國際間公認的文明標準。不幸的是，我們有些古老的醫藥觀念與飲食習慣恰好與此事相違，於是滅種的罪名就扣到我們頭上。過分的加罪我們不能接受，但是「知過必改」的古訓仍應奉行。我們應當趁這個機會加緊腳步，追上世界保育標準。應知古方不足信，「爺爺的藥」已過時，我們為犀角虎骨惹來世人的責罵實在是划不來。現在我們對外應當爭取加入世界性的保育組織，以示保護稀有動物的誠意。如因政治因素受到阻攔，則責不在我。對內應官、民（尤其是中醫、中藥界）密切合作，趁機把我們的因胥虧而消滅稀有動物的惡名一筆勾消，則不但是因禍得福，也是我們的革新進步的另一表現。寫到這裡，恰見報載，中正機場查獲走私犀角鹿茸六十九箱，警方查明是因為臺灣積極推行保育運動，走私客遂經由紐西蘭——香港——菲律賓，繞道來臺灣，以避海關注意。可知事在人為，只要你做了就會有成績。

（民國八十二年十二月）

住商雜居，良民受害

據報導，臺北市府工務局去年違建拆除經費預算一億五千萬元，被市議員聯合杯葛刪除。今年仍舊照編，但怕再遭毒手，特地分門別類，分妨害公共安全、防火巷、市容觀瞻、交通及其他違建等數項。說是讓議員充分了解之後，不再被刪除。又，工務局檢討牛年十月到十二月三個月拆違建工作情形，發現拆除率大為降低，認為是選舉期間，民代關說特別多之故。在這三個月裡，議會召開協調會四十九次，議員關說案達三百零五件。

包庇違建是今日市議員的重要工作之一，違建一經工務局派人去拆，議員立刻趕到現場阻止。後來覺得逐件解決太麻煩，索性來一個釜底抽薪之計，將拆除經費一筆勾消，不給錢看你還拆不拆？所以工務局希望議員「充分了解」後將預算通過，恐怕難以如願，因為若干市議員是在出賣「違建權」，不會自絕生路。至於選前的違建搶建與議員關說，更是「選舉假期」中的例行事件。善良的選民未見民主之益，先受民主之害，以後再投票的時候，應當拒投「關說候選人」之票，以免搬磚砸腳。對於眼前的非法關說議員則應進行糾正甚至倡導罷免，以免他們濫用職權，協助少數惡商，加害多數良民。

在一片拆除違建糾紛聲中，報紙與電視發表最多的是「巴而可事件」。巴而可是設在臺北市精華區忠孝東路四段華新大樓的一家服飾店，實際它是出租攤位的集合商場。華新大樓地面上十二層，分前後兩棟，中間空地為停車場及防火巷。巴而可先將一樓隔間防火牆與前棟後牆及後棟前牆全部拆除，再將中庭停車場搭起棚架，使前後棟連成一體，擺起攤位來。次將二樓前、後棟原有住宅隔間牆一律拆除，改為統倉式的商場。這些隔間牆掏空之後，上面還有十層大樓壓著，不知遇到大地震會發生什麼危險？而五級以上的地震，近來在中國大陸、日本和菲律賓等地已經連續出現了。

華新大樓住戶告到市政府工務局，建管處派人去拆，巴而可消息靈通，事先將中庭攤位撤除，並開進四輛汽車來，以為停車之證。報上說這是迅速「更換場景」。同時一位出名的「關說議員」趕來支援。建管處的人「就坡下驢」，說是「並無違規使用」情形，而自行撤退。住戶大為憤慨，去向工務局長潘禮門抗議，得到四點結論：一、防火牆如已拆除，應立即恢復。二、中庭不得裝設固定門。三、如拆除後又蓋再拆除。四、有繼續營業情事，立即拆除。

報上刊出巴而可中庭現狀，上有精美燈飾，下鋪高級地磚，每天顧客盈門，夏天並開放冷氣，但巴而可居然說那兒不做生意，純是停車場，建管處也居然予以採信。像這樣豪華的公共停車場為世間所無，市府真可以用它向世界宣傳，這是「臺灣錢淹到脖子」的證據。

華新大樓住戶受到的傷害，除了居住環境品質大幅下降外，最糟的是，當初蓋大樓時的住宅設計的樓板承受重量為每平方公尺二百公斤，而商場樓板承受重量則規定不得少於五百公斤。這等於叫一名小學生去參加成人的拳擊比賽，隨時會發生致命危險。至於收租的商場老板則不用發愁，反正他也不住在這座危樓裡面。似此商店硬擠進住家大廈，立刻拆通內部及變更外形的情形，正在臺北各街巷迅速出現中。純住家的大廈一經任意妄為的商店侵入，住戶不但日常生活的水、電、車位、電梯、垃圾及廁所等都受影響，甚至基本的建築安全都受到危害。這些商店的設置是合法的，因為依法在「住×」

地區可以設「小型商店」。但是面積並無規定，所以「財大氣粗」的商人就可以將整層樓打通來擴大營業了。此種「便商」條文的制訂，可能又是議員「向錢看齊」的後果。市政府放任住戶與商店混雜居住在一起，結果佔大多數的住戶大受迫害而無處申訴。我們要提醒執政的國民黨，停止取締違法的「選舉假期」過去了，現在正是恢復政府威信，伸張公權力的大好時機。就選票講，住民究竟比商人多很多，住戶已經開始團結，逐漸表現力量。他們需要合法安全的生活，支持強力有為的政府。

潘禮門以敢拆違建出名，並受到臺北市民的讚揚，希望潘局長繼續努力，那時關說議員看到關說無效，當有助於拆違建預算的恢復。

（民國七十九年一月）

不要讓社福成為社禍

本月三日行政院院會通過八十四年度中央政府總預算，稱之為「緊縮型預算」，因為在總額一兆零五百一十八億元中，國防減了五十餘億元，經建發展減了約五百億元。這樣的壓縮以後，收支還要差短近一千九百億元，擬於下年度發行一千七百億元公債彌補。經建發展支出的大幅下降，報上說是受到社會福利預算的「嚴重排擠」。社福預算由九百餘億元增加為一千四百餘億元，佔總預算的比重從去年的百分之九增加為百分之十三點五。

二月二十四日各報載，內政部已擬定「國民年金保險法」草案，將送請行政院審議。大致是將現有的公保、勞保、教保等合併為年金給付，成為擴充臺灣社會福利的一個重要項目。加強社會福利是去年選舉縣市長時的一個競選口號，告訴老年選民，如果你助我當選，我就每月給你五千元敬老金。有人稱之為「期約賄選」，就是好處在當選後給付，彼此後會有期。但是喊口號的人說，增加國民福利，付出公家的錢，不算是賄賂。我們覺得如果地方政府有力支付，自當有此善舉。如果要靠上級補助，出售公產或發行獎券來籌款就開出支票，就難免有輕舉妄動哄騙老人的嫌疑了。

究竟社會福利政策應當做到什麼程度，其利弊得失是什麼，國民既是接受福利的對象，自然該對這些問題有一些了解。《中國時報》「地球村」版曾由張春華、聶崇章、李巧雲、秦鳳棲及張定綺五位撰譯文稿，對世界五個社福先進國家（英、法、美、日、丹）的實施情形加以如下的說明與評析。

㈠英國：二次大戰後工黨執政，標榜實施「從搖籃到墳墓」的社福政策，主要內容包括社會安全、教育、住宅、國民健康及福利服務五大類。一九八〇年保守黨上臺以後，英國面臨兩次嚴重的經濟衰退，加上社福長期的沈重負擔，「福利國家」的做法引起國內爭辯。保守黨首相柴契爾強調個人的責任，認為一個人如果不工作，就不應該享有社會資源，社會福利應只限於照顧那些無力照顧自己的個人或家庭。於是柴契爾一面減稅，一面將社福照顧對象縮小。但是在一九九一年中，國民平均所得增加，窮人卻沒有分享到利益。因此英國的經濟不振，是否應歸咎於社福措施仍在爭議中。

按：「從搖籃到墳墓」原文是“from cradle to grave”，另一個口號是「從子宮到墳墓」(from womb to tomb)，表示政府對國民從他的「生前到死後」都要照顧到。在這種制度下的一個重要項目就是英國稱為「國家健康服務」的「公醫」制度，英國從一九〇八年七月起開始實施。起初辦法很寬大，連外國觀光客都一律照顧，於是法國人紛紛渡海來英，領取英國納稅人奉贈的眼鏡與義齒而去。英國人更不後人，因為稅抽得那麼重，如不從這類福利收回一些來，豈不是白白便宜政府？英國政府受不了，立刻改為半價收費，才稍稍阻此種找回稅金的浪潮。

臺灣實行公醫，始自陳誠主政時代。陳氏看上英國的這種社福，立予引進，於民國四十八年（一九五九）七月先從公務員辦起，主辦的單位是中信局，結果只辦了十個月，中信局就賠了一千多萬元。原因是病人強索貴藥拿去轉賣。強住病房，說他有白白吃住三十天的權利。醫院則說，他們誰都惹不起，尤其是民意代表，於是就將帳單如雪片一般的飛向中信局。中信局雖然硬打八折，仍舊無法平衡收支。此時已經實行公醫滿十一年的英國仍是百病叢生，無法合於理想。主持人本來預言二十年裡不會增加開支，理由是預防疾病的醫藥措施和免費的醫療可以使全國國民更健康，因之減少了醫藥的需要。事實上，公醫支出一九四九年是十三億美元，一九六三年上升到二十九億美元。支出上漲的原因包括通貨膨脹，人口增加和醫院開支等，都是起初沒有預料到的。

㈡法國：社福制度開始實施於二次世界大戰後的一九四五年。現在法國一位月領六千法郎最低薪的受薪人要繳納近三分之一的社會保險稅，自己實得四千法郎。資方還要為這名員工繳納相當他的薪水的百分之四十的社會福利稅。因此資方要為此人付出月薪八千多法郎，其中大部分繳了稅。法國的社福可分為養老、失業和家庭福利三大項目。在西元一九〇〇年時，法國男人只有一半活到五十一歲。到二〇〇〇年時，法國男人將有百分之八十四超過六十歲，所以人口老化已經成為社福支出的沉重負擔。失業問題也日趨嚴重，現在失業率超過百分之十，失業人口超過三百萬。有些法國人做了半年工就不幹了，去領失業救濟金，很多年輕人用救濟金去旅遊或讀書。法國政府不堪負擔，只好將救濟金的期限縮短和金額減少。法國企業老闆由於須為員工付出重稅，感覺在國際競爭下無法生存。但是政府卻希望工廠不要外移，以便把工作留給法國人。同時法國指責包括我國在內的亞洲出口國在做不公平的競爭，因為各國沒有社福制度，產品才成本低廉。

按：從法國的情形可以看出，社福越周全政府抽稅越重。資方的成本增加，一般產品在國際上自然無力競爭。只好在特產精品如幻象機之類的以高價出售，或是出賣科技如為臺灣修造捷運。人壽而康是國家社會進步的表徵，同時也是社福的重擔。這只有在國民青壯的時候多抽他的稅儲存，到老時再還給他養老。失業救濟金到了和薪水差不多的時候，人類好逸惡勞的本性自然會適時發揮，自動「失業」，用救濟金遊玩去了。年輕人不幹活兒拿年長者的稅金去玩耍，其事頗不合理。這樣是鼓勵青年偷懶，也不合於實行社福的本意。社福該養老，而不是養少。至於法國指責臺灣及亞洲各出口國外銷產品，因無社福制度而價廉，是不公平的競爭一節，也很有問題。是否實行社福是各國的內政，不能說法國有旁的國家也必須照辦。中東有些「油多人少」的國家，用油養民綽綽有餘，其社福優厚程度又不是英法等國比得了的。在這一方面我們是最艱苦的一國，由於地下資源缺乏，全靠人民勤奮與政府領導，才能生產價廉物美的貨品，如果法國強抽重稅才算是公平競爭，事實上這也不過是建立關稅壁壘的藉口而已。而且讓法國人買不到便宜的外國貨，對法國人也是不公平的行為，更是反社福的作法。

㈢美國：在美國現行的完備醫療保險制度下，仍有三千七百萬人未能受惠。而現行公醫費用已經消耗了國民生產毛額的百分之十四，如不改善會拖垮國家經濟。柯林頓在一九九二年底當選後，召集經濟會議，即宣稱美國必須削減醫療保健支出。後來他請專家設計了一套全國健康保險方案，使全體美國人都可以得到醫療服務。民眾如自願多付百分之二十的醫藥費，即可選擇醫師或醫院診治。柯林頓預估這個計畫的五年的預算是七千億美元，他建議徵收「罪惡稅」，就是每包香菸抽一美元的稅。對柯林頓的方案國會和藥廠都有反對的意見，但是仍有人認為國會會通過，於一九九五或九七年實施。

按：美國的公醫制度辦得不錯，有些臺灣移去的家庭，每年只要付數百美元，全家即可免費看病。但是沒有醫保的人如果因急病必需住院，一天要收一千多美元，則是「殺人的價格」。病人多給錢即有選擇權，這也是對公醫降低醫療品質的一種補救辦法。因為公醫使病人暴增，醫生因病人多而草草了事，富裕的人要命不怕多花錢，自會歡迎這種「小灶醫療」。柯林頓欲加菸罪不患無詞，他要對每包菸抽一美元的稅，真是大膽而突出的想法。美國因為公私雙方推行禁菸進展迅速，菸商壓迫美政府，強制把菸（酒也同時灌過來）推銷到臺灣、韓國來，我們不得不屈服於美方壓力，否則「三〇一」經濟飛彈就會越洋飛來。當初我們要美菸貴賣，美方要賤，雙方爭執很兇。如果美國加菸稅了，我們跟進應當沒問題了吧！如果菸因有罪而抽重稅了，下一步會不會輪到酒？菸與酒都會傷己又傷人，增加社會成本，加重了稅以求以價制量，對於各方面都有好處。不過這類事在臺灣恐怕行不通，因為我們這兒什麼事情都跟選舉聯上，議員不顧國家人民利益，一心以減稅減價來為自己拉票，自然反對因公而害私了。

㈣日本：日本面臨高齡化社會的危機，例如一九八九年支出的各種保險醫療費是十九兆日圓，其中約四分之一的五兆日圓用在僅佔人口一成的老人醫療費上。因此日本政府要把企業僱用年齡和支付厚生年金開始年齡，從六十歲延後到六十五歲。日本現行的社會保險共有十一種之多，設計很完善，目的是全民均參加保險與領年金。但是由於人口高齡化，國民晚婚及節育，產生了頭重腳輕的現象，社福支出也隨之增加，日本政府正研究這些問題，擬進行社福計畫的第三次改革。

按：日本是世界上國民平均年齡最高的國家之一，自然會首先面臨高齡化的問題。將老人優惠年齡後推五歲，是為了減少開支。日本老人的充分利用公醫，有一個故事如下：甲乙二老每天定時在醫院見面，醫院的人都和他們熟識。一次甲老幾天沒露面，醫院的人問原因，乙老說：「他這幾天在生病。」關於醫療品質降低的情形，去年一本英文週刊上報導，一位日本老太太向記者抱怨，說她每次看病都要排隊三小時，但是見到醫師只能說三分鐘的話。似此情形各國都是一樣，動手術和住院等的時間要更長。醫生卻因為工作多而收入少大感不平，各公醫先進國都發生過罷醫、怠醫或醫生大量到外國開業情事。

㈤丹麥：丹麥從一八〇九年即在憲法中規定，所有無法照顧自己和家人生活的國民都有權得到政府的濟助。但是現在從瑞典到保加利亞，看歐洲近年發生的大事，顯示不論民主或專制的社會主義都已瀕臨瓦解，惟有丹麥是例外。丹麥實施社福的成功要素是靠經濟繁榮。中間偏右的修魯特內閣總理十餘年來勵行儉約，維持工資平穩，提升國際競爭能力，防止福利的浪費與濫用，增加個人責任，因此民間反有要求減少失業津貼的呼聲。丹麥人的平均稅率高達百分之五十一，所以有錢做社福。但是由於社福好，失業率即隨之上升到百分之九。一名負責社福人員談現代丹麥青年說：「一九七〇年代他們會擔心找不到工作，現在卻有越來越多的人覺得不工作是天經地義的事情。」

按：丹麥人口只有約五百萬人，土地卻比臺灣大，約四萬三千平方公里，地上、下資源豐富，自然較易治理。重要的是政府能夠防止社福的浪費，同時也就是提升產品國際競爭的能力。國民了解個人要維護社福國策，所以自動要求減少失業津貼，以減少支出，並免得鼓勵人民吃閒飯。前面所說的從民主到專制的社會主義瀕臨瓦解，大概是指社會主義下引以自豪的社福制度，已經做到「坐吃山空」的地步，就不得不向資本主義學習，發揮人類的勤奮增產的本能，達成多做多享受的目的。至於丹麥青年從前怕找不到事，大概那時政府的失業救濟不豐富，而且國民仍以失業為恥。現在有很多青年認為「白吃的三餐」是應有的享受，這樣的「好吃懶做」已經成為社福的毒藥，試問這一代青年，如果你門吃光了上一代的稅金，你們的下一代吃誰去？相信實行社福有成的丹麥，應會求得此毒的解藥。

從上列各國推行社福情形看起來，國民在社福的照顧下，生老病死都由政府負責，根本不用自己煩心。從前中國人說的「養兒防老，積穀防飢」，現在都不需要了。生、老和死的時間較短，病卻可能是一輩子的事情。在公醫制度下，人人「病得起」，可以早治，不怕沒錢住院、開刀，但是醫療水準低落卻是無法避免。而且在這個項目上支出有增無減，是各國共有的難題。我國推行社福也是先從醫療開始，並且是先試行公務員，認為他們會比較守法。那裡知道一開辦即弊病百出，令主管者束手無策。到了農保加入以後，更出現了病人、醫院、醫生和藥房「四合一」舞弊現象。病人拿了保單去換沙拉油、衛生紙、奶粉等成為普遍的現象。在這個政府為公醫而重大虧損聲中（民國八十四年度內政部社政事務預算五〇八億中，僅補助農保虧損即為三百六十億元），全民健保又從原定的八十九年提前到八十三年年底實施。衛生署張博雅署長公開承認，全民健保的規劃「是在腐爛的基礎上蓋大樓」。基礎之腐爛是由於官吏無能與人民無德，公醫被硬吃，而無法阻止。現在還要擴大範圍於全民，真是不自量力，擇錯固執。近來全國工、商三大團體對全民健保舉行座談，對保費將提高一倍表示憂慮。他們說負擔六成保費可以轉嫁到納稅人身上，但是喪失生產成本優勢，將無法與外國貨競爭，也會拖垮國內經濟。高雄的「南部基層醫療醫師協會」則乾脆要求暫緩實施，或先施行小區域試辦。他們認為全民健保建立在齊頭平等的基礎上，民眾會因小病也往大醫院擠，使基層醫療為之萎縮。並說，這種吃大鍋飯式的社會主義醫療制度，將造成全民保費大增及醫療品質低落的反常現象。按，這種現象在社福先進國家已早有發生，臺灣應引以為鑑。而大家以保單換實物的惡行則是臺灣的發明，基層醫療者在此也該反省一下有否參與合作。

連戰院長接受記者專訪，談到社福問題，他說要量入為出，有多少能力做多少事。歐美福利大國已出現很多問題，可以為鑑。全民健保年底要實施，同時年金的問題也會出現，但是這都是保險，不是救濟。他的看法雖適當，問題是執行時能否正確。語云「無例不可增，有例不可減」，社福項目一加上去，就難再縮減，這時如不能除弊興利，就會「吃苦在眼前」。其實看目前國民生活情形，對社福還沒有到迫不及待的地步。例如去年在野黨以「老人年金」爭取選票，後經一次民意調查，老人的需要以醫療照顧為第一位，年金只居第三。故此我們推行社福正應詳核先進國的利弊得失，參酌本國國情，也就是說該把腐爛的地基重新打好以後再蓋大樓。擬訂一套完善的辦法而嚴格執行。政府應量力而為，不可為應付政爭而輕率出牌，應知社福搞得不好，會浪費社會資源而拖垮國家經濟，那時社福不成反為社禍了。

（民國八十三年三月）

生活無憂，但心情失落

我寫〈不要讓社福成為社禍〉一文，主旨在指明推行社會福利應以各先進國的成敗為鑑，不要走錯路。各國多自二次大戰後施行社福，到現在四十多年，還沒有一個國家達到完美的地步。雖然政府逐步加重稅收，但是仍苦入不敷出。臺灣的社福始自三十五年前對公務員的「公醫」，以後逐步擴充，自公保、勞保到農保，弊端漸增，虧損日重。現在政府又要將「全民健保」提前於今年年底實行，勇氣可嘉，後果堪虞。因為想加稅通不過民代之手，而健保擴大於全民，浪費更無從底止了。

人從生到死都有政府照顧，衣食住行不用自己操心，沒有工作可得救濟金，這樣的生活應當沒什麼可抱怨的了，卻也不盡然。陳之藩先生在他的《一星如月》文集中有一段說，他在香港中文大學教書的時候，有一次問一位廣東出生、澳洲長大而到香港教書的同事，為什麼離開澳洲。那人說：「那裡是實行社會主義的，一個人從生到死都由政府來管，而所掙的薪水幾乎一半都交了稅了。大家的待遇反正差不多，常常念完了中學，就不願再念了。是那個社會主義把人的性情都弄懶了。」

關於社會主義把人弄懶一點，蔡文琪先生〈告別福利國的沉思〉一文可供參考。蔡文中所談到的「福利國」是指世界上社福辦得最好的芬蘭，那兒對人的福利，包括醫療、讀書、產假、老人公寓及失業救濟等應有盡有。甚至對狗在每個社區都設有專為溜狗的園子。芬蘭高收入的人百分之六十的所得被政府抽走，用來養窮人，因此貧富差距縮小。但是中上階級人士卻抱怨說，他們繳的稅金都給別人花了，到他們年老時候不知道政府還有沒有錢照顧他們？但是窮人還抱怨政府的社福做得不夠。近年因為經濟不景氣，有些福利被刪減，民眾更是怨聲載道，連帶的攻擊到外國來的難民。芬蘭國務總理阿荷只好說：「嫌我做得不好，下次不選我就是了。」

蔡先生文中又說，芬蘭人自殺率高，街上酒鬼多，政府加重酒稅以求制量亦無效果，冬夜常有酒鬼凍死在路上。有人說酗酒是因為天冷，但是芬蘭人夏天照樣喝。有人說芬蘭人心裡苦悶，是因為他們覺得「沒有出路」(no way out)，生活全由政府照顧，人民自無須刻苦耐勞及冒險犯難。我猜想，人如飽食終日，無所用心，反會感到前途茫茫，不知道為什麼活下去。據舊時統計，一九五五年日本人的自殺率為世界第一，十萬人中達到二五・二人。其中最危險的年齡是二十歲到二十四歲。這些青年舉出他們最感到活不下去的難題是：「缺乏信心」、「自卑感」、「懷疑生存理由」和「憂慮未來」等，這和芬蘭人的「沒有出路」的感覺情形近似。

按，芬蘭領土三三七，〇一〇方公里，比臺灣大九倍多。人口四百七十萬，不到臺灣的四分之一。全國一半的森林區，木材產量豐富，畜牧發達，工業進步，多方面勝過我們。故此我們沒資格希望得到如芬蘭那樣的福利，同時也就不至於因「沒有出路」而酗酒自殺了。行政院勞工委員會主委趙守博訪問芬蘭後回臺，在楠梓加工區演講中說，芬蘭勞工部長告訴他，芬蘭的失業率高達百分之二十。他說臺灣的失業率一直維持在百分之一・五上下，主要的原因是經濟穩定發展，創造好的就業機會。但是芬蘭的經濟發展也穩定，就業機會可能比臺灣還多，而失業率卻高得出奇，豈非怪事？我想主要原因是如我上次文中所說的，好逸惡勞為人之本性，芬蘭人坐吃不會山空，為什麼不自動「失業」，享享國家供養的清福呢！

《一星如月》書中有一段談到作者對朋友說，共產主義已經破產，大陸的「四個現代化」就是向資本主義投降，社會主義也在破產中，「因為這些主義好像蘊藏著內在的崩潰因素，好像是根本不會穩定的系統」。又說，有一位朋友對他說：「你不要舉外國典故，什麼蘇聯的饑饉啦，東歐的變革啦，北歐因行社會主義自殺率最高啦，英國因社會主義而衰竭得不成樣子啦，加拿大因社會主義而疲憊不堪啦，澳洲因社會主義而昏昏在睡啦，你能不能舉些中國古時的故事呢？」他說：「王安石可以說是行社會主義的，失敗了，王莽其實也是。但最明顯的例子，我想是滿清。滿清的文治武功，都很了不起，可是不到二百年就煙消火滅，我覺得最大的病是他們進關後立了一個制度，凡是旗人都可以不必工作而領薪領糧。是這個制度，這個社會主義的制度把滿族滅亡的。」

至於說王安石與王莽都是社會主義者的老前輩，卻是一個有趣的話題，值得加以研究。說到旗人白吃使滿清亡國的社會主義，我們在北京長大的人卻略有所知。清時旗人每人每月領紋銀數兩及白米若干，生活無虞，亦不須念書、學手藝、耕種或做買賣，於是整天提籠架鳥，泡茶館，逛天橋，鬥蛐蛐，捧角兒，生活十分輕鬆優裕。漢人無此待遇，必須自己去「奔嚼裹」（掙吃穿）。漢人勸朋友鬆心時常說：「您操這麼大的心，上哪兒去領俸米啊？」就是指的旗人可以坐食這檔子事。民國以後，旗人的俸米停發，出了家門兒無一技之長，自然也無業可就。那時北京的打鼓兒的（打小皮鼓沿門收購舊貨的小販）都知道哪一家是靠變賣家中舊物為生，屆時推街門逕入，不讓鄰居注意的完成交易。那時各公園裡的養花、鳥、魚的工人（俗稱「把式」）多為旗人，他們從前是這些美好動植物的主人，因此懂行。現在改為養育工人，要靠手藝來混飯吃了。

推行社福我們是後進，正好可以根據先進國的經驗，取利防弊，做得好一些。可惜我們的公權力不彰，享「福」的人又不客氣，能否搞好實在令人擔心。社福全面推行即為人間天堂的實現，社會主義者有這種想法，事實上難題甚多，不知何時才能改得完美，因引之藩觀點，供關心者參考。

（民國八十三年四月）

從重處罰醉酒駕車

報上登出一條怵目驚心的消息，文化大學陳姓講師今年一月十五日夜酒後駕車，連續撞死兩名女清潔工，經臺北地院判處死刑，車禍判刑之重是前所未有的。對這個判決，反對者（包括原承辦的檢察官）認為太重，理由是陳所犯是「不確定的故意殺人」，過去最多判十年以上或無期徒刑。贊成者認為國內汽機車肇事率太高，輕罰是主要原因，很多酒鬼酒後逞能開快車，出事後以酒醉卸責。法官以過失殺人或傷人處刑，有時只判罰金數千元，但是受害者及其家屬卻要倒楣一輩子。故此他們提議刑法上不但要重罰，而且應當大幅提高民事賠償，才算公平合理，才能減少車禍的發生。

就在這個時候，電視上播出車禍受難者組織的談話，他們一致指責交通當局輕視國民安全及司法當局寬縱醉鬼闖禍。例如遇到車禍，法官常常喜歡叫兩造先去和解，而無意儆誡闖禍者不可再犯。受難家屬多為貧苦人家，無力纏訟，只好接受數十萬元的賠償金了事。有時這筆賠償金竟被賴掉，使受難者人財兩空，這時用車殺人的醉鬼更是興高采烈，因為法律是站在他這一邊兒。受難者說，日本人開車過失致人傷殘，要養受害人一輩子。像這樣長期的賠償，開車的人才不敢草菅人命。

衛生署保健處發表，過去二十年來「事故傷害」一直高居臺灣「十大死因」的第三位，其中又以機動車肇事及溺水分列前二名。這兩種傷害都不是「意外」，如果事先防範周密，傷害就不會發生。在溺水事件中，夏天是冬天的三、四倍。但是車禍卻沒有季節分別，平均每月要死亡六、七百人，其中男性較女性高出四、五倍。衛生署已訂定七月為事故傷害防治月，呼籲民眾酒後，服用安眠藥、鎮靜劑或過敏藥物，或精神不振、心情憤怒時不要開車，以免肇禍。「酒後」列為第一個原因，可以反映臺灣醉鬼常常借車殺人。車禍發生後，受害苦主無處申訴，專門吃飽了做秀的議員不願過問，法官只要殺人者花錢消災，衛生當局不過呼籲呼籲而已。像這樣的政府與人民，說老實話，根本不夠資格享用汽車。何況臺灣一年到頭吃拜拜，配上近年汽車減價促銷，兩個因素加在一起，上街之人危矣！

這使人聯想到，上個月美國派遣一個代表團來臺推銷烈酒，要推翻一九八七年的協議（我方進口酒類須經公賣局許可），而自由向臺灣輸入烈酒。雙方談判破裂，決定九月十日在華府再談。報載美國酒商已經準備好「三〇一」陳情書，以壓迫我們這個對美出超大國，屆時恐怕我們不得不退讓一步，以協助美國政府解除美國酒商的壓力。

美國酒商的努力外銷，主要的原因是看美國菸商在臺賺錢眼紅。同時好酒的美國人在國內飲酒受到的限制日多，因之像菸一樣，不得不轉向外銷。上週一位在美友人來臺談及，他的一個朋友某日酒後駕車，被警察抓送法辦，法官判坐牢三天。友人大驚，不願數十年守法之名毀於一醉。於是請律師和法官商量，能不能代以罰鍰。法官說，根據他們的經驗，罰錢飲者不在乎，下次還要闖禍，只有坐牢才能使他們改過自新。友人只好去坐牢。出獄後即不敢再犯，連知道此事的親友都自動依法節制，因為為貪杯坐牢實在是划不來。

美國不但對醉酒駕車緝查甚嚴，有的州並且追究到請他飲酒的主人，認為他不應當放任醉人駕車，到路上害人害己。《講義》雜誌載，美國廣播協會鑑於酒後駕車肇事頻繁，造成不少家庭的不幸，特別在《紐約時報》刊登了一個廣告，文為：「好朋友絕不讓自己的朋友喝得酩酊大醉。」這個警語證明新形勢改正了舊道德，從前請喝酒要讓朋友「盡興」，否則就是小氣。北平的主人常常親切的問客人：「喝透了沒有？可別屈了量啊？」「透」、「屈」兩個字親切而傳神，意思都是要客人「不醉無歸」。這種好意今天對於開車的朋友反是重大的災害。根據經驗，有些酒客好逞強，覺得承認自己「不行了」是恥辱，總是說，「早得很吶」。像前述那位講師，就是和友人喝得爛醉如泥之後逞強駕友人之車出的事。

又有友人自歐洲來，說他在歐洲數國開會或應酬，當地友人常常僱計程車到旅館接送，而不自己開車。理由是路上查醉酒駕車甚嚴，罰得很重，自己無法鑑定飲酒是否過量，不如坐街車反而可以放心享受晚宴。又有一位從澳洲墨爾本來，說他開車常被警察攔截，請他向一個塑膠袋呼幾口氣，以測驗酒精濃度。幸虧他無酒嗜，所以每次都平安過關。按，澳洲是一個講究喝酒的地方，客人面前常常放一張印刷精美的「酒單」，但是卻嚴格要求飲者「不及於亂」，這可以說是一種文明而安全的飲酒規範，現在正在全世界通行，我們應當由政府領導國民仿行，徹底打消過去的「醉者無罪」的錯誤想法，加強防止酒醉駕車，加重處罰醉鬼借車殺人。講師的存亡應由法院決定，加強街上人的安全卻機不可失，因為今年九月以後，美國烈酒又要灌到我們臺灣人的肚子裡了！

（民國七十九年七月）

騎士戴帽舊話重提

騎機車不戴安全帽者罰，是通行世界的交通安全規章，也是人類文明生活的標誌。但是在我們這個世界機車最多的國家（兩千一百萬人有一千萬輛機車），偏偏反對處罰，現在亞洲地區只有孟加拉、越南和柬埔寨是這樣。上述三國是世界上最貧窮落後的國家，我們竟與之為伍，要老百姓一齊來用腦袋碰石頭。報載，全臺灣地區每年平均因機車肇事死亡人數高達三千四百人（內臺北市九十人），其中百分之九十以上是不戴安全帽的。幸而不死的多半變成植物人，成為家庭與社會的長期負擔。臺灣的人有錢而不惜命，真是無法理解的事情。

臺北市交通警察從本月一日起檢查機車騎士有否戴安全帽，對無帽者發給勸導單。被查騎士有的從車後拿出帽子戴上，證明他有而未戴。據警方估計，現在已經有百分之二十的人自動戴帽，到了雨天會增加到百分之八十。也有騎士說，立法院還沒有完成戴帽的立法，警察不必多管閒事。騎士反帽的理由多似是而非，且不難疏解，何必因此甘冒生命危險？例如說戴帽太熱，則泰國、新加坡和馬來西亞都比臺灣熱，騎士還不是照戴？凡事習慣會成自然，好習慣是不難養成的。又有人說帽子拿著麻煩，放下怕被偷，但是現在機車座下多設有帽箱，問題可以解決。也有人怕帽子不安全，但是臺製的帽子早已外銷，西德一測試產品安全性的專家不久前來臺，他說臺製帽子已達國際水準，可以安心戴用。並說，世界各國都規定騎機車須戴帽，臺灣不該例外。故此騎士如果認準合格的帽子戴，即可保障頭部安全。

談到立院仍未立法一節，就要追溯到十九年來的舊事。交通當局在六十四年十月公布「道路交通安全規則」，其中訂定騎機車應戴安全帽。後來因為民意代表反對而未執行。拖延了三年多，機車殺人無算。交通部又將此規則送請行政院通過。但是在立院仍被壓置。同時省、市議員也在議會裡嚴詞反帽，大加阻撓。到七十年七月十四日立院審議道路交通處罰條例時，索性將不戴帽即處罰的條文刪除，只規定由交通部進行「勸導」。我於七十三年三月八日在《聯副》為文，引三月三日《聯合報》張作錦先生的〈交通紊亂已成了我們的國恥〉文中談安全帽的話：「騎機車者應戴頭盔，是全世界文明國家的通則，我們因為機車騎士反對（究竟有多少人反對？）竟然收回成命，把數十萬頂頭盔放在倉庫爛掉。『民之所好者好之』應該不是這樣解釋的吧？」當時作錦並說，不戴帽騎機車是「近乎野蠻的使用文明工具」。按，直到今天，仍有議員說反帽是多數騎士的意見，也就是說這是居多數的「民之所好」。姑不論這個「多數」只是信口開河，應知世間有些事情是不能取決於「公民投票」的。例如國民與納稅，學生與考試，甚至坐飛機須繫安全帶等，都不能以「我才不聽那一套」的野蠻手段來處理這類文明事物。

最初戴帽的受到反對，據說原因之一是政府將帽子交給物資局統一製售，給予「正字標記」，保證帽子從三樓扔下來不會破。商人因為不能「自由貿易」，就託出議員在議會裡反對，同時大量仿製帽子，在市上減價競銷。並將不合格的帽子在議會出示，證明其不安全。官員不管有理無理，照例不敢反駁民代，於是強迫戴帽的條規就行不通。另一原因是機車族是大票源，民代為爭取選票自當反帽。記得幾年前，有一位交通部長上任第一天就發表機車是落伍的交通工具，他要進行消滅。過兩天即改口，據說有人告訴他，現在要選舉了，別惹麻煩吧！

不過近年情勢已有變更，騎士了解生命重於涼爽與簡便者日多。而且戴了帽子以後，覺得並無大礙，且可贏得家人與親友的歡心。在臺北交警開始勸導期間，《聯合報》「民意論壇」版刊出多篇讀者文章，都是主張戴帽，他們並舉出若干實例，證明戴否之利弊，可證騎士已有充分的警覺。

至於對此事「拿大主意」的立院方面，現在情形還不明朗。《民生報》報導，臺視播出「有話要問」節目「應否立法強制騎機車戴安全帽」，由於受訪者避不願上，幾乎「開天窗」，把主持人李四端急出一身冷汗。這個問題的如此可怕，可能和民代的陳年反帽立場有關係。這一天大膽上節目的有交部運研所林大煜組長，立院交通委員會黃昭順召集委員，北市交通大隊李振光隊長和北市馮定亞議員。四個人都是主張立法對不戴帽者處罰。另據報上消息，黃昭順並在立院進行連署，擬提案對不戴帽騎士及搭乘者的罰款提高到每人一千五百元。衛生署並發表一統計數字，即如騎機車人全戴安全帽，平均每年在醫療等方面可節省約九十五億元的社會資源支出。於此我們想到，佔多數的非機車族該向不戴帽騎士抗議，即使你們愍不畏死，也沒有理由浪費我們納稅人的辛苦錢。

關於不戴帽的處罰金額，運研所的資料是：韓國為折合臺幣兩千元，並得處拘留，夜間戴的帽子要塗反光物質；澳洲為臺幣兩千四百七十元，並記罰點；英國為臺幣兩千三百元等。另據「有話要問」節目中談到的，印尼巴里島的罰金是騎士的一年薪水，嚇得騎士不敢冒犯，政府立即達到嚇阻的目的。故此黃昭順提出的一千五百元罰款實在很夠「優待」。希望立委審核的時候要了解不罰不是愛民而是害民，輕罰是鼓勵騎士違法，而且委員諸君也不致因此撈到選票，因為騎士觀念已有進步，甚至過去怕強迫戴帽會影響銷路的機車商，現在已自動的以買車贈帽為推銷之道了。

前年一月與海音到澳洲墨爾本郊外女婿女兒家，看見外孫「哥兒倆」下課回家，扔下書包，戴上安全帽，騎腳踏車去社區的夜間球場打球。我們問他們：「騎腳踏車也要戴帽？」他們說：「政府的規定，大家都遵守。」當地地方政府即可立法執行，我們這兒鬧到中央還不得結果。墨爾本郊外地廣人稀車輛少，政府仍要騎腳踏車的人戴帽保命。我們這兒機車如熱鍋螞蟻，行人似掐頭蒼蠅，車禍天下第一，民代卻要騎士不要戴帽。近年立委不問蒼生愛黨爭，關乎國計民生的案子積壓如山，像通行文明世界的騎車戴帽一事，一壓就是十九年不通過，甘願與孟加拉等國家為伍。這十九年來，冤枉死傷的騎士有多少人當局有統計，報上有發表。這些人的家屬能否要求國家賠償值得研究，即使此事於法難行，那麼到立院請請願也可能有助於情勢的改善吧！

（民國八十三年三月）

菸害甚矣，能不禁乎？

在一向提倡「菸酒不分家」的中國社會，想戒斷菸嗜實在是很困難的事情。有些老朋友屢戒屢犯，最後決心「說不戒就不戒」，大家見面爭相敬菸。我對他們說，你們以前敬菸是「有福同享」，現在是「有罪同當」，甚至是聚眾壯膽，希望大家都在菸海裡，誰都不要游上岸去。

報載董氏基金會的調查結果，在最近一年裡，國內的女菸客竟比去年增加了一倍。這件事可怕的是，育齡婦女如果成了老槍，不但害了自己，而且會禍延後代。董氏會是在今年七月全月發出五千份調查表，統計結果女菸客達到百分之十三・四，去年六月份調查只有百分之七。其中大、中學生和畢業後未就業前年齡層的女性佔百分之二十七，這是表示女學生吸菸的迅速增加。在這些女菸客中，職業婦女最多，學生第二，家庭主婦最少。她們的平均菸齡是六・一二年。平均每日菸量是十一・三一支。平均年齡是二十九歲。常吸的菸的品牌前五名，「長壽」第一，佔百分之三十五・八。以下四名都是洋菸。

從上列統計數字可以看出，洋菸進口已經為國民產生重大災害，因為前五種暢銷菸中竟有四種是洋貨，足證菸客充滿了媚外心理，以手執洋菸為榮。「長壽」雖是冠軍，想是在洋菸進口前抽成習慣，一時改不過來。日久天長之後也會逐漸被洋菸取代。關於長壽菸改名的問題，省府已決定不改，以免國菸中的王牌銷路受到影響。但是有一件事可以參考的是，引起世界黑人反感的「黑人牙膏」，最近將齜著白牙的黑人面孔改成白人，英文略易幾個字母，中文未變，以便國內銷售。所以「長壽」只要不是改名「短命」，不一定會影響銷路。

據董氏會歷年對女性吸菸率的調查，民國七十四年五月臺北市高中女生吸菸率只有百分之零點九三，今年卻上升到百分之二十七。在世界各國官民雙方皆因肺癌難救而努力禁菸的時候，我們的女青年卻「視死如歸」，人手一支的吞雲吐霧起來，她們的心理實在難以理解。據董氏會的分析，職業婦女吸菸似與工作壓力較大有關。專家學者則認為若干現代女性自信心不足，盲目的模仿男性行為。還有女權運動興起，婦女觀念開放，女性覺得應當和男性有同樣的吸菸權，卻忘了這是一種男性的壞習慣，而且女性染上，比男性更多了危害自己的胎兒的後果。所以專家勸導感覺生活緊張的婦女用運動來消除壓力，而不要自溺於吸菸可以放鬆的假象裡。

我想上開觀察都很正確，但是有一點沒提到的是學時髦的心理。我們在咖啡館、食店等公共場所常常看見幾個女學生或年輕女職員人手一菸，在那裡高談闊論。她們認為青年女性當眾吸菸不但表示自己已經成熟長大，而且是一種時髦大膽的行為。既然在衣著談吐方面都不落人後，則手上缺一支菸豈不美中不足。

美國全國現在為了保護國民健康正在厲行禁菸。例如聯邦政府已經通過法條，國內航線飛機上一律禁菸。以產菸聞名世界的維吉尼亞州也不得不禁止在公共場所吸菸。明尼蘇達州的若干城市禁設售菸機。進行最積極的是加州，準備在十八個月裡用兩千八百六十萬美元於禁菸運動，這筆錢是出自原有的每包菸州稅二角五分再加百分之十。加州的保健官員將大登廣告，駁斥菸商過去誇獎吸菸是性感、迷人和青春的表現，而說這是一種愚蠢、骯髒和危險的行為。他們特別告訴青少年，吸菸毫無魅力可言，不可輕易上癮，貽害終身。

法國國會在今年六月底通過一個法案，定一九九三年元旦起禁止香菸和烈酒登廣告，和出錢贊助體育和文化的活動。因為據法國政府統計，法國每年有六萬五千人死於菸，四萬五千人死於酒。世界衛生組織在今年六月底的一個報告說明菸害的情形更嚴重，說如果菸客繼續抽下去，世界上將有五億人死於肺癌，也就是今日世界人口的十分之一。單單今年就會有三百萬人死亡。報告裡並說，三十五歲到六十九歲的菸客，平均每人壽命將減少十五到二十年。在菸禍日益嚴重的時候，各文明先進國家莫不由政府大力領導，人民認真支持，從事禁菸運動。例如因移民而人口日增的美國，近十年來菸客已經減少了百分之三十。但是世衛組織的另一個統計卻說，目前平均菸客居世界第一的是中國大陸，臺灣地區則佔第二位。大陸得世界吸菸冠軍，我想這從他們的電影上就可以看出來，很多影片中在不需要吸菸的場所，演員都在吸菸，這是因為他們都是老槍，不吸菸就演不了戲。今年六月香港的消息說，大陸「中國吸菸與健康協會」會長翁心植教授說：現在大陸的菸草產量佔世界的總產量的三分之一。紙菸產量五十年代初是一百九十萬箱，去年是三千一百萬箱，增加了近十七倍。現在若干發達國家吸菸人口每年減少百分之一，大陸則是增加百分之二。大陸中學男生吸菸的一九八二年是百分之九，現在上升到百分之三十六。翁心植說，照這個情形推算，現在不滿二十歲的大陸青少年將來會有五千萬人死於與吸菸有關的疾病。北平協和醫院的名譽院長方圻認為，各級領袖不相信菸害和重視菸草為政府帶來的巨大稅收，是大家都來吸的主要原因。北京醫科大學教授王耀雲建議各級領袖帶頭戒菸，禁止外菸進口，本國也不再種菸，才能摘去「吸菸大國」的不光彩的帽子。

世界上共黨控制的國家國民多嗜菸酒，這是因為物資缺乏，生活痛苦，不得不藉這種上癮物來麻醉自己。共黨更以菸酒來加強對人民的控制，因為這兩樣東西上癮以後，缺乏時常常比飢渴還難挨。上月廿四日出版的《新聞週刊》上登了一幅照片，是一群莫斯科市民硬把一條大街堵塞，不准車輛通行，理由是「買不到菸抽」。這是戈巴契夫自動解放共產國家以後的現象，以前大概不敢有這種「反動」行為。至於大陸得到吸菸世界冠軍，相信他們會繼續保持下去。

我們在北平亞運一「金」未得，排名十六，但是吸菸由於青少年努力參加卻得了一頂世界亞軍的「不光彩的帽子」，我們希望衛生署將世衛組織的統計詳情譯示國人，以資警惕。說老實話，戒菸不但是為了健康，同時也是國家與人民為了加強公德心及提高社會文明尺度的一個指標。新加坡從一九七二年起就禁止刊登香菸廣告，隨後政府機構、醫院、電梯、電影院、公乘車輛、以及使用冷氣的辦公室、公共場所、餐館等都一律禁菸。健康部代理部長最近並發表，從明年起，國內外人從國外帶進的紙菸將一律課稅，他說這是政府防止肺癌邁出的新一步。按，新加坡政府曾經許下願，要在本世紀裡禁絕吸菸，使新加坡成為二十一世紀世界上的第一個無菸國。如果做到這一點，不但肺癌撲殺，且火災猛減，因為世界各國火災的發生與吸菸有密切的關係。

新加坡這樣的重視防止菸害，理由十分充足，現將近日報載菸害消息，錄誌數則於後：㈠榮總胸腔科主任彭瑞鵬發表，目前世界上有三十五個國家肺癌死亡率居所有癌症中的第一位，臺灣僅次於肝癌，居第二位。肺癌患者男與女為四與一之比，發病多在五十至六十歲之間。吸菸因素佔肺癌的百分之七十五到八十一。二手菸會傷害不吸菸的人。可怕的是，肺癌缺乏特有症狀，甚至根本沒有早期症狀，生癌後很早期就會轉移，因此不容易救治。㈡我國政府預定西元二千年達到全民健康及衛生大國的目標，但據衛生署的調查，影響臺灣地區民眾的主要健康危險因素，第一項是吸菸人口不減反增，引致癌症、心臟血管疾病及呼吸器疾病增加。洋菸進口後，青少年及女性吸菸人口顯著增加，成為危害國人健康的禍首。㈢長庚藍瑞熙醫師和榮總賴信良醫師指出，自從開放洋菸進口，年輕婦女及青少年吸菸者暴增，女性肺癌患者比過去增多。吸菸能使肺功能提早老化，因此出現二、三十歲的人的呼吸功能卻呈現出五、六十歲的生理狀況。臺大李元麟醫師統計，今年到臺大診治或動手術的肺癌病人比去年增加三分之一。㈣美國哥倫比亞大學醫學院藥學系主任葛拉斯曼的最新研究報告指出，菸客得憂鬱症的可能性是不吸菸人的二倍，他們的戒菸成功率則要減半。又美聯社消息酗酒者中吸菸的可能性是一般人的四倍。由此可知，說菸酒可以解憂正好與事實相反，而兩害常常聯手出擊，攻打人類最該珍惜的健康，但是這種打擊都是人類自找的，夫復何言？

抄了四則菸害，我想已經夠瞧的了。現在我們再來談談臺灣禁菸的情形。我們的「少年福利法」早經制定，規定十二歲到十八歲的少年不可吸菸、飲酒及嚼檳榔。違者他們的父母或監護人都要負責，銷售這些物品的商人也要受到處罰。但是有法卻無人執行，以致青少年努力於「慢性自殺」，紛紛投入菸酒行列。「公共場所禁菸辦法」亦於民國七十七年四月七日公布施行，但是效果不見普遍。

江舉謙先生有〈吸菸室之迷惑〉一文談到本省有一高級中學，「為疏導學生戒除吸菸惡習」，特闢「吸菸室」，讓學生進入「合法」的過癮。更妙的是，該校的「上級官員」竟以「垃圾應入桶」、「吐痰應入盂」，則「吸菸在吸菸室」該是合法合理的行徑。江先生認為此教育官引喻不倫，他說：「如果場所合法，行為也隨之合理，由此類推，舞廳、酒家、娼妓館合法開張的，學生都可以合理出入了！」文後引北宋司馬光〈訓儉示康〉文中說的：「嗟乎！風俗頹敝如是，居位者雖不能禁，忍助之乎？」他套下來說：「嗟乎！吸菸風氣盛矣！學校縱不能禁，忍助之乎？」我們也要仿司馬光的口氣說：菸害甚矣，能不禁乎？

（民國七十九年十月）

禁菸與賣菸

暑假期間見到許多位從美國來臺的親友，發現他們不分男女老幼，都有一種「反菸」的共識。有的人說他已經戒了。有的人相約到陽臺上過癮，而不在主人屋中點火。大學生層的青年則說學校裡現在不流行吸菸，因為菸害的強烈已經確定，他們不願意自己到名成業就的中年時期被菸打倒。大家的共同說法是，美國政府與民間合作，規定公共場所及交通工具上，包括飛機國內航線一律禁菸。餐廳闢一角為「吸菸區」，菸客坐在那裡吞雲吐霧，自覺與眾不同，也頗乏味。甚至機關主管在自己的辦公室裡也不能吸菸，理由是免得二手菸有害進室談公事的部下。像這樣的「百般刁難」，視菸客為人民公敵，使之動輒得咎，足以壓迫他們萌生戒除的決心。對於躍躍欲試的青少年也具有嚇阻的力量。據報載，美國近十年來，吸菸人口已減少了百分之四十，使美國的菸草行業受到嚴重的打擊。

由於美國菸在國內漸漸「吸不開」，於是菸商轉移目標於外銷，最理想的顧客就是臺灣的人，因為他們既有錢又崇洋，視舶來菸如大旱之雲霓。過去只有搜購走私貨，自從美菸正式進口後，臺灣的菸客迅速增加，對美國菸商產生振衰起敝的功效。我政府對美國的菸酒迫銷可以說是煞費苦心，總是能擋一步就擋一步。遠在一九八六年，美國以採用「三〇一」條款對我實施貿易制裁為威脅，迫我簽訂中美菸酒協定，開放美國菸酒進口。以後每年開會，美政府受到菸酒商的壓力，提出增加在臺銷路的種種要求，一不如意即祭出「三〇一」來唬人。最近的一次會議剛在華盛頓舉行完畢，雙方歧見未消，可能年底再談。這次美方說我們草擬的「菸害防制法」中禁止刊登香菸廣告，使美國菸商受損，應予補償。而銷毀走私菸將使美國香菸在臺灣的銷售額增加十二億新臺幣（四千七百萬美元），足以補償而有餘。何況美菸在臺已有知名度，不需廣告宣傳。因此我方將同意銷毀私菸。至於提高臺菸價格一節，衛生單位主張省、外產菸一律提高專賣利益，以達到「以價制量」的目的。公賣局也認為，省產菸已十餘年未漲價，現在正好得到提升的機會。這些問題大概下次會議時可以得到結果。國貿局的人並說，反菸是世界潮流，美國業者如果提出「三〇一」法寶來，美國政府應有明智的決定，以免損害美國國際形象。

美國在臺協會的人說，美國全力支持採取合法行動維護臺灣人民的健康，美國的政策是在國內外鼓勵戒菸。但是根據一九八六年美國在臺協會與中華民國駐美代表處的菸酒協定，美國公司有權登廣告。根據國際貿易法與慣例，要廢止這項協定，需重新調整美國在原協定所持有的權利和利益。

美菸在臺出售六年就占據了百分之六十的市場，這種殺人生意推廣之迅速實在驚人。難怪日本、英國等國都看了眼紅，要把他們的菸也賣到臺灣來。日本菸大量走私來臺是人所共知之事。英國菸據報導，當年以鴉片害慘了中國的英國商人，最近鑑於「三五」(555)及「邊森與黑極士」等牌香菸在東南亞及中東等地暢銷，決定增資增產，例如BAT公司就計畫在一九九六年以前，達到年產四百七十五億根菸的目的。近六年來，我們一直稱美國迫銷香菸為「新鴉片戰爭」，沒想到他們的戰果會如此輝煌。銷毀私菸雖使我國損失一筆拍賣收入，但是卻可以表示我們的緝私的決心。而且抓到了就燒，不給走私者買回去的機會，也是對他們的一種有力的打擊。提高菸價自會得到「以價制量」的效果。

這使我們想到，有很多青年是在入伍期間染上菸癮，因為營中有廉價菸的配給，青年為撿便宜兼隨眾，會很快的惹上這個終生之患。故此減價是鼓勵，加價是嚇阻，這個原則是不會錯的。

美國在臺協會的人說，香菸登廣告是當初雙方的約定，如欲廢止應再商量，片面廢止則為不合法。又說，美國全力支持維護臺灣人民的健康，以在國內外鼓勵戒菸為政策。由此可知，美方不至於堅持香菸登廣告，但是要先談妥這個問題。而且「鼓勵戒菸」是美國現行國策之一，在美國國內已經嚴格執行，到臺灣卻強力推銷美國菸，這等於「己所不欲，而施於人」，明顯的言不符行。我們建議美方，以後談判的時候不要再提「三〇一」這個名詞，以沖淡「鴉片戰爭」的味道，並保全美國的國際形象。我國衛生署並說，美國也曾以「三〇一」條款威脅泰國進口美菸，並刊登廣告。經泰國向關稅貿易總協(GATT)抗議，在一九九〇年獲得關貿總協的決議，認為禁止香菸廣告是有關國民「健康」的問題，與貿易無關，泰國因此得以立法禁止香菸廣告。由此可知我國現在雖然仍未進「關」，但是香菸「能賣不能宣傳」的共識已在國際間形成，美國應當注意到這一點。我建議美國政府，無妨轉告美國菸商生產一種「三〇一」牌的新菸，來臺灣推銷，向菸客暗示此菸的強勁有力，足以打倒臺灣的王牌菸「長壽」。

談完了中美賣菸的爭論，正好看到報上的一條法新社吉隆坡電訊，說在馬來西亞的反菸戰爭中，現在又波及好萊塢的影片，因為衛生部長李金塞說，電影中顯示好人抽菸以解憂或尋求靈感是傳達錯誤的觀念，只有壞人才抽菸。李金塞現在主持一個權力很大的反菸內閣委員會，他說他將建議該會，所有電影片和紀錄片，都只保留壞人才抽菸的鏡頭。大馬一千八百萬人口中，菸客現已增加到二百四十萬成人和八十萬青少年，政府覺得情勢不妙，才組織了這個反菸會進行制壓。我覺得如果李金塞認定凡是抽菸的都不是好人，就未免失之偏激。因為僅僅大馬就有三百二十萬癮君子，難道他們都是壞人？李金塞可以說，電影上演出好人吸菸有為菸宣傳的嫌疑，站在反菸會的立場上不能同意，希望把吸菸的鏡頭都留給壞人好了。至於他說電影上演出抽菸可以解憂及獲得靈感是錯誤的觀念，我有同感。數十年前我在一個小學教師語文進修班擔任作文課目，有一天一位綽號「醉貓兒」的老學生來對我說：「從前人說：『李白斗酒詩百篇』，現在人說『菸士披里純』，有菸才有靈感，老師既不抽菸又不喝酒，可是天天寫文章，真是奇怪！」我答覆他說，有菸酒癮的人犯癮的時候，如無菸酒來解救會活不下去，更遑論寫作了。所以誇張菸酒可以助文興、生靈感是倒果為因，對於無癮的人是完全不適用的。

大馬如果決心禁菸，相信他們會做得很徹底，這從他們執行「販毒者死」的堅決可以看出來。數年前一英國青年到大馬被查出攜帶海洛因，後被判處絞刑，當時的英國首相柴契爾夫人求情都無效。新加坡也是這樣對付毒販，因此這些傢伙放棄新、馬，轉攻臺灣來了。新加坡也在厲行禁菸，並且預告二十一世紀的時候新加坡將為世界上第一個「無菸國」。他們說得到會做得到，若干年前他們敵視長髮男子，外來客如不在機場剪短頭髮就不得入境。今年他們的新禁令是不得嚼口香糖，因為有人用口香糖粘住了地下鐵的車門。外國觀光客如果帶了口香糖，須在入關前拋棄。看起來美國的「夢幻籃球隊」無法到新國表演，因為球員及教練多為「反芻類」，不嚼口香糖即無法投球入籃了。

馬、新禁菸情形是這樣，回頭再看看我們自己。我們爭論最久的是監所應否開放菸禁的問題。法務部在七十七年就調查所屬單位的意見，據說多數主張開禁，理由是可以「穩定內情，端正風氣，改善教化」。事實上是司法方面認為管理人員不足，根本管不了犯人抽菸，甚至管理員兼為菸商。這種禁不了就開放的理論，不知警察是否可以仿此對市民說，反正小偷也抓不到，不如你們花一筆保護費買個平安算了。更有立法委員大聲疾呼，說不准犯人抽菸是剝奪他們的人權，事屬違憲云云。反菸團體反質詢說，如果說禁菸是違反人權，禁酒該例外嗎？這使人聯想到，如有受刑人援例要求保留其與配偶共枕的人權，司法當局將如何處理？故此討論獄中應否「快活似神仙」的問題，應就事論事，從是非利害方面來決定。用人權大帽子一壓，話就說遠了，因為關人就是定期限制違法者的自由與人權，否則廢除監牢和出售獄地政府可以發一筆大財，但是到現在世界上還沒有不設監獄的國家，可知違法者與守法者的人權是有不同的地方。監所開放菸禁問題，七月底的行政院院會中已經否決。現在世界各國的監獄中，有的可以抽菸，日本和韓國則是禁菸的，日韓何以無問題值得我們研究。

美國菸不在報紙電視上登廣告，六年的工夫就搶去臺灣香菸專賣市場的百分之六十的生意，恐怕沒有其他商品有這樣大的魔力。愛吸美菸的以青年學子為多，臺灣的美菸經銷商也為青少年舉辦集會，進行推銷。賣菸賣酒最好以年輕人為對象，他們一上癮就是一輩子的主顧，他們的心、肺等器官受過尼古丁的毀損，即使中途戒除，已受的傷害恐怕也難完全去除。故此反菸的釜底抽薪之計是從青少年下手，讓他們根本不落入吸菸的圈套，這比協助已經入套的人脫套，可以事半而功倍。勸導青少年禁菸的最佳人選是他們的家長和教師，如有家長教師因為自己抽菸而無法啟齒，則趁機戒菸自是一舉兩得。萬一辦不到這件事，亦無妨現身說法，告訴子弟菸癮易上難除，自己就是榜樣，最好是根本不入菸門或是及早戒除。因為現在雖然醫學發達，對於菸害仍舊無計可施。故此青少年諸君應當珍惜自己的錦繡前程，不要早期自投香羅網，以致到輝煌中年時被閻王爺的電腦上收賬。

世界禁菸前途看好，歐美先進國家在政府領導與國民支持下，禁菸做得有聲有色。財大氣粗的菸商因為生意受影響，就把香菸推銷到較落後的中東及亞洲地區來。現在亞洲的新、馬已在強力禁止，而我們經濟大國的中華民國反成為外菸暢銷的樂土，國人是否願意把辛苦賺來的錢送給洋人以換回自己的減壽，可能各人有不同的看法，不過政府與民間的反菸活動卻在繼續加強，因為這是進步的世界趨勢，也是菸害加重後不得不採取的自衛措施，我們應當積極參與，表現我們的自愛精神。

（民國八十一年十月）

可喜的長壽，應改的缺失

衛生署公布的最新統計資料，說國人平均壽命增加迅速，臺灣即將進入世界長壽國之林。衛署舉出民國十五年到十九年的臺灣第一次人口平均壽命調查，為男三十九歲，女四十三歲。七十八年是男七十二歲，女七十七歲。六十多年來，平均延長了約三十三歲。現在日本為世界第一長壽國，為男七十六歲，女八十二歲。次為瑞士，男七十四、女八十一。和其他長壽國家（英國、法國、澳大利亞、新加坡等）比較，臺灣男性約落後一至四年，女性落後二至五年，預計不久就可以追上他們。

從上列數字可以看到一個有趣的問題，這就是「柔能克剛」，男人再強大壯健，也活不過女人。冠軍日本是一個著名的男性中心國家，但是溫順的日本女人卻可以靜觀她們的「頭家」先被閻王爺傳去，而自己得以安靜的享受六載餘年。以上是說笑話，究其實際，男人短命，是因為多從事危險工作，如軍、警、匪等，自然遇難的機會較多。或是長期以勞力謀生，亦足以促其天年。至於男女身體結構不同是否與壽命長短有關，還要等待醫學家的指教了。

衛生署的公布上認為，國人壽命的快速延長，與公共衛生進步、醫療保健設備與技術水準提高、國民衛生知識增進、經濟發達與國民生活水準及居住環境改善，以及國民重視營養等因素都有關係，光復以來，臺灣的公共衛生確有進步，但是比起同為華裔集居的新加坡還差得很遠，就是較香港亦有遜色。近年臺灣各地不斷展開垃圾大戰，弄得臭氣熏天，由此可知臺灣的公共衛生進步仍嫌緩慢，連垃圾都處理不了，可說是政府無能的具體表現。臺灣醫療水準提高是事實，但是公保、勞保、農保等已經產生嚴重的浪費及舞弊情事，可能影響將來全民公醫制度的實施。國民衛生知識是在增進，但是空氣與水污染卻日趨嚴重，這是因為若干國民見利忘義，惠己損人，仍待政府大力取締。

經濟發達使國民生活水準提高，國民平均居住空間可能大過香港人與東京人，但是環境衛生卻因公德心缺乏而走下坡，政府應當以行動來糾正，而不是軟弱無力的口頭勸告。中國人一向好吃，從前日子過得苦，特別重視「藥補」與「食補」，實際與營養學本旨並不完全符合。現在臺灣的人錢多多，除了舊有的補方以外，西方的熱量超高的麥當勞、冰淇淋、巧克力等食品也大量進入國人胃袋。前幾天報上說，現在國小小胖子迅速增加，家長要小孩子節食，比要成人戒菸還困難，反而產生了營養過量的弊害。

我們為國人長壽感到快樂而自豪，但是看到那些長壽的善因後面仍有若干缺點，因此希望有為的政府排除政黨與議員的干擾，帶領國民改善那些缺點，那時我們進入長壽國之林當更迅速，我們的長壽理由當更充實。

（民國八十年一月）

運動篇

運動最「補」

中國人是一種講究「補」的民族，人的身體要從頭「補」到腳，從內「補」到外，總覺得人生處處有「虧」，時時要「補」。藥劑裡以補藥種類為最多，利潤為最厚。因為服藥的人本來沒有病，藥也不需要有治病的力量，索性價格提高，說是「名貴藥劑」精心煉製，使自認有虧的人「財去人安樂」，雙方皆大歡喜。

後來人們的觀念改變，認為千奇百怪的補藥是藥商投人所好創造出來的，利用廣告大量推銷賺錢，實際上並沒有什麼功效，真正有效的還是食物。於是提出「藥補不如食補」的口號，告訴人們與其吃藥來補，不如在飲食上想辦法。於是許多「食補」的理論紛紛提出，供人選用。其中季節是「進補」的一個課題。例如從前北平在每年立秋以後，飯館門口豎立一個大牌子，寫著「爆烤涮」三個大字，是告訴市民爆羊肉、烤牛肉和涮羊肉上市了。市民進去大吃，認為可以增加體重，使身體健康，這叫做「貼秋膘」。因為夏天苦熱，人們胃口不好，體重減輕。到了秋高氣爽，胃口開了，多吃肉可以長膘，自亦符合營養學的道理。臺灣有「補冬」之說，臺灣的冬天氣溫相當於北平的秋天，及時進補，也可以自圓其說。不過「吃什麼補什麼」的說法，恐怕還要等待科學的證實。

我不大相信補藥的效力，除非那是醫生推薦的。古老的民間傳說的補藥尤其可疑，在口傳之後被一再增加「佐料」，效力就成了神話了。有一年旅行泰國，友人到藥店裡去買虎鞭，店員拿出一大把來，每隻只合臺幣五十元。當時心裡想，難道泰國生產「百鞭虎」，否則怎麼會這樣的便宜？近年世界保護動物人士對於犀牛漸趨絕種的事實頗為憂慮，他們指責中國人以高價收購犀角，視為珍貴藥物，是人們濫殺犀牛的主要原因。犀角究竟有沒有藥效？有沒有可以代替甚至更好的藥劑？病人吃的是不是犀角？還都是問題，只有病人的昂貴的藥錢花掉了是事實。

對於食補我也持保留的態度，有些食物吃了有益，有些卻有害。例如前面說的北平人「貼秋膘」，是在人民肉食較少的時代，以肉為奢侈品，才找題目來飽口福，像臺灣的拜拜一樣。現在國人有的已經吃得過好，就不需「貼」與「補」了。人類每天平均需要兩千到兩千三百卡路里的熱量，現在國人所攝取的熱量，平均已超過兩千七百卡路里，顯示營養已經相當豐富。這些攝取熱量過高的人造成一種現象，就是死於腦溢血的人一直佔十大死因的第一位；因心臟病或高血壓死亡者也列入十大死因之一，而且在逐步上升中。范博士建議中年以上的國民要對自己的營養、運動和休息三項健康要素做適當的安排，從根本上增進健康，不給病魔入侵的機會，要是等到有病再治療，就是慢半拍了。

前面所說的兩千七百多卡路里是平均數。山地、海濱、離島和礦區的國民營養仍感不足，有待提高。大都市居民多半營養超過標準，既不缺乏，就談不到補了。

就我的經驗來說，世上最好的補藥莫過於運動。從學生時代到現在，幾十年我沒有停止過運動，因此沒有住過一天醫院。我相信使我支持得了每週七天、每天至少八小時工作的主要原因是運動。現在營養和運動都夠了，只有休息感到不足，仍須另作安排。我以為老年人對自己的身體雖不必膽戰心驚，疑神疑鬼，也不可恃強拒捕，妄充硬漢。只要在營養、運動與休息三方都調配適當，閻王爺無如予何也。故此我要在「藥補不如食補」之後加上一句，「食補不如運動補」。

對於運動是最佳補藥的觀點，最近得到一位美國同志。二月二十七日《中國時報》

載美國俄亥俄州坎頓城的電訊說，坎頓城一位退休的酒保康度斯，二十三日在基督教青年會，在四十五分鐘裡做了一千次仰臥起坐的動作，以慶祝他的八十七歲生日。康度斯是六十年前從希臘移民美國的，他對記者說：「我感覺很舒服。我每天都作體操，從不間斷。我每天約做六百次仰臥起坐，我可以做一千多次。我飲食無禁忌，運動是我的最好的藥方。」青年會的體育主任懷特說，身高一百六十五公分、體重七十五公斤的康度斯是他「所遇見過的最令人驚異的一個人」。他說：「大多數人到了八十七歲都已衰老，但是康度斯看來不像是八十七歲，他自己也認為沒有八十七歲。他思想年輕，看來也年輕。」

看起來康度斯像是退休以後生活無虞，住在青年會附近，每天到青年會體育館做體操，風雨無阻，才能保持身體健康，長生不老。他的不老是全體一致的，思想、外表和體能都不老，才能使他「感覺很舒服」。中老年人如果健康衰退，處處要人幫忙，就不會有舒服的感覺。

康度斯的「飲食無禁忌」也是使他快樂的重要原因之一，如果不想吃，和不敢吃，人生的趣味就會消失，健康也難以維持。我想康度斯的胃口好，和他的每天運動有密切的關係。因為運動消耗體力，需要多吸收熱量以補充。相對的，也就因為運動才會吃得多而不癡肥。今天營養超過標準國家國民的大病是中年以後發胖，胖了更饞更懶，兩者相互為惡。惟一的解救辦法是身體活動起來，使肚子不突出，腿臂不笨重。人類的四肢五官是越用越靈活，越不用越退化。四十五分鐘做一千次仰臥起坐對年輕人都有困難，八十七歲的康度斯完成了，這是因為他「拳不離手」的緣故。所以有很多人以老或胖為由停止體能活動，理由並不充足。老或胖是不活動的結果，不是不活動的原因，這一個觀念一定要建立起來，以消除一個人的「懶得動」的藉口。

人到了退休年齡應當「退下來」，但是卻「休不得」。退是從固定的工作的束縛中解脫，以及「從心所欲」，愛幹什麼就幹什麼。但是卻不是什麼都不幹，只是吃飯睡覺，如北平土話所說的，進入「混吃等死」的境界。這樣完全退休的人，「報廢」的感覺會使他意志消沉，精神頹喪；身體的不活動會使他體能衰退，弱不禁風。所以退休人雖然不再按時趨公，還是要找些性之所近的事情做做。外國的老人常常以參加社團，服務公眾來排遣時間，活動身體，結交朋友，這樣的退而不休，使自己的生活永遠多彩多姿，豐富有趣。所以今天的中國老年人應當把「我完了」的觀念一筆勾消，人永遠不會完，黃金的時間總是在你的前面。

康度斯的實例對於老年人是很大的鼓舞，使人覺得人們不會輕易報廢，「剩餘價值」並不低落。康度斯不像是有錢人，但是同樣的自得其樂，同樣做不花錢的運動。快樂的主要原因是健康，健康的主要原因是運動，事情就這麼簡單。

有人會說，我想運動，但是我的身體禁不住運動，如何是好？這是錯誤的想法，除了醫生不准下牀的人以外，可以說沒有不能運動的人。甩手是運動，散步也是運動。人到了不能甩手散步的程度，豈不就是「落了炕」的「東亞病夫」了嗎？這樣的人實際是很少的。退休人運動不像年輕人想當國手那樣的苦練，只須慢慢的來，輕輕的做，到技術漸精後，可以逐步增加分量，發揮運動的功效。康度斯的仰臥起坐並不是一開始就做一千次，也是慢慢增加，越做越輕快，才超過了千次大關。

或有人說，我是正宗的中國讀書人，對任何運動都不會發生興趣，怎麼辦？這也不正確，因為人不能對他沒有做過的事情下斷語，確定能不能發生興趣。就運動說，總要做到相當程度才會上癮，淺嘗即止是不容易入迷的。正像一個人抽一支菸、喝一杯酒不會上癮一樣。

自覺衰老的人可以從簡單省力的運動開始，如甩手、散步、慢跑、打拳等。漸進到有競爭性的運動，如撞球、桌球、羽球、保齡球等，競爭可以使人提高興趣，今天輸了不服氣，明天還要贏回來。臺灣桌球不久以前舉行分齡比賽，六十歲以上一級就有許多過去的國手參加，他們打了一輩子桌球，老而彌健，提倡全民體育和終身體育，這樣才算達到目的。

散步是最簡單易行的運動，只要有一身運動服和一雙軟底鞋就行了。近人發現慢走不過癮，加快速度，成為慢跑。因為醫學家發現慢跑是一種保持心臟血管系統良好的運動，而威脅中老年人最大的疾病都與心臟和血管系統有關。提倡慢跑就是要及早防止這兩方面出毛病，可以一輩子享受不盡。

二月十四日《中央日報》介紹慢跑，說國際人士鑑於現代的人整天工作辛苦，回家後就倒在沙發上看電視看書，日久成習，體能衰退，嚴重影響人體原有的生命力，於是高血壓、血管硬化、心臟病、糖尿病、肥胖等就來縮短了人類的壽命。因此一九六七年西德的亞賽・蘭伯特醫師發起國際高齡長跑協會，一九六八年在荷蘭舉行第一次長跑大會，有十幾個國家會員參加。以後每年在一個國家舉行，第七屆時已有三十二個國家參加。今年第十屆大會已定七月三十一日在比利時舉行。第八屆大會在日本舉行的時候，我國有一位六十三歲的劉季堯先生參加。但是我國還沒有參加大會，因為國內的協會還沒有成立。劉季堯已經跑了二十多年，他認為人一上三十歲就不可停止運動，最經濟的運動是慢跑，人人可以隨時隨地想跑就跑。所以人們應當在日常生活中包括運動一項，像每天刷牙、喝水一樣。日本石河利寬醫學博士說，經常慢跑可以促進人體生理器官的功能，消除緊張，舒暢精神，延年益壽，使生活更加充實有力。八十五歲的蘭伯特說，運動可以驅逐萬病。都不是誇張的話。

既然大家都推重慢步長跑，現在臺灣的都市鄉村又處處可跑，則高齡者為什麼不參加長跑會以健身強國呢？《論語》中有一段說：「子路從而後，遇丈人，以杖荷篠。子路問曰：『子見夫子乎？』丈人曰：『四體不勤，五穀不分，孰為夫子？』植其杖而芸。」老丈冒火兒給子路硬釘子碰，是因為他這種勞動者看不上這些「四體不勤，五穀不分」的書呆子。我以為「五穀不分」為害不大，「四體不勤」顯然的會自促天年。「藥補」與「食補」多為空談，只有「運動補」才算把握著健康長壽的要點。

（民國六十六年四月）

奧運面臨商業化挑戰

半個月的奧運的長時連續報導使人興居無節，生活失序。現在盛會過後，仔細想想，這次第二十五屆巴塞隆納的奧運改變的確很多，影響相當嚴重，是福是禍，各國應當透過國際奧會委員會深入討論，定出一條理想的發展之路，以免奧運提升了成績，降低了品質。

我們看到的奧運大變有下列幾項：

首先是一直奪取獎牌最多的蘇聯，從本屆起自動廢除國名、國旗及國歌，因蘇聯共黨政權已瓦解為十五個共和國，此次仍由十二國（波羅地海三國各自獨立參加）聯合出擊，自稱「獨立國協」，借用奧會的五環及貝多芬的「快樂頌」為旗與歌，這是奧運百年史上的空前怪事。經過兩週的比賽，獨協隊仍以一一二面獎牌得冠軍，將獲一〇八面獎牌的美國壓到第二位。不過這種優勢亦將絕後，因為如果蘇聯各邦可以合而為一，則其他各國又有什麼不可以？故此國際奧會已決定，自一九九三年元旦起，這十二國的選手應各自代表他們自己的國家。如此大敵拆散以後，美國將可獨霸奧運了。

這次獨協選手的出戰發生若干異常的現象。例如獨協在十四項體操比賽中贏得九面金牌，其中六面為二十歲的明斯克「體操王子」維塔萊．瑟波所獨得。瑟波在赴西班牙以前，先在法國參加一次比賽，贏得金牌後，賽會為他懸起國際體操協會的藍旗和奏出「快樂頌」。瑟波當時表示不滿，他問：「我是為誰拚命？為體操協會還是為貝多芬？」又如四年前在漢城為蘇聯奪得女子自由車爭先賽金牌的莎露美，這次代表愛沙尼亞獲得冠軍。這是一九三六年奧運後，愛國被蘇聯併吞五十六年來的首次重見天日。發獎時，升旗官竟把愛國的藍白黑三色旗升倒了，但是現場愛國的觀眾仍舊淚流滿面的起立致敬。還有，立陶宛男子籃球好手過去有四名是為蘇聯隊效命，本屆代表立國上陣，竟打垮獨協，獲得男子籃球第三名。

此次獨協隊的組成，全靠愛迪達體育用品公司付給三百五十萬美元的廣告費。奧運開賽後，獨協擊劍選手首先追討欠了一年的布達佩斯世界賽冠軍獎金美金一萬元，否則罷賽。獨協的人卻推說，照過去規定，得金牌者每人三千美元，銀牌二千，銅牌一千，由於總數太大，要到本屆奧運會後才能計算支付。這和資本主義國家的各種獎金比起來實在微不足道，但在共黨國家就大得出奇，看起來獨協的超級選手將來恐怕難免被他國「採購」而分散了。

奧運本來是純業餘運動的世界最高競技場合，這個規定在美國的布倫達治做主席時執行得極為嚴格，各國明星選手如被查明收錢事實，一律禁止出賽，因此布倫達治享有「業餘先生」的美名。但是布倫達治對於蘇聯率領的職業大軍入侵卻束手無策。蘇聯於一九五二年赫爾辛基奧運會首次參加，宣稱他們根本沒有職業運動，只有「國家業餘運動員」。實際上，蘇聯等共黨國家是把青年集中苦練，要他們為祖國及人民服務。得到國際比賽的勝利時，就配給較大房屋、自用汽車及大量金錢，在「均貧」的共產國家這是天堂生活，因此青年不畏艱難，爭為國手。這些選手的「精製」情形，遠勝過過去早年大陸國劇班的「科班」教學，民主國家的業餘選手只好比得上是國劇的「票友」，上場時自然不是對手。所以蘇聯等國參加奧運的十年來，民主國家選手迫處下風，吃足了敗仗之苦。布倫達治一九七二年退休後，對職業選手禁令開始放鬆。到一九八四年洛杉磯市主辦二十三屆奧運，由於過去幾屆主辦者皆發生虧累情事，洛市特請一位精明高人負責籌備，商請麥當勞、可口可樂等大商家購買會場專賣權，並提高電視轉播費，結果果然辦得轉虧為盈，而奧運商業氣息加重，業餘運動禁令也隨之放寬了。

這次奧運最驚人的一件事，是國際籃球總會在奧委會批准下，准許美國奧運代表團組織了一個「夢幻隊」Dream Team登場，奪回男籃冠軍（上屆美國只得第三名）。美國NBA職業籃球有二十七個強隊。每年舉行一次聯賽，最後選出明星球員分為東西兩隊再作決賽。這次卻集中為一隊，成為夢想中世界最強的男子籃球隊。在奧運中，「夢幻隊」每場都輕易贏得對方數十分。各國對此籃壇怪物尚未傳出反對聲浪，但是美國國內卻有傳出異見。例如已被提名為下屆美國奧運會主席候選人的雷洛伊・華克就認為組織此隊是一種「錯誤的決定」，因為這會堵死了美國大學籃球員代表國家進入奧運之路。他希望一九九六年在亞特蘭大奧運會中，美國的男籃隊由大學生和職業球員各選半數組成，認為仍將是世界最強的男籃隊。他並希望以後奧運選手都住進奧運村，而不是像這次美國若干富豪職業運動員住進豪華旅館。

除了美國職業籃球員以外，世界各國的著名職業網球手也參加了本屆奧運，包括代表美國排名世界第一的柯瑞爾和第七的張德培。他們多是為了取得正式國家代表的榮譽，以配合他們打球所得的鉅大財富。所以打起球來並不認真，因為贏了也沒有獎金可拿。足球項目現在國際足總只同意二十三歲以下的職業球員可以參加奧運，使得世界名腳都不能上場，以致足球場上觀眾不多。國際足總夏維蘭治並在奧運會中表示，下次奧會應當取消足球項目，因為現在已經有四年一次的「世界杯」比賽及世界青少年足球賽，奧運就不必多此一項。事實上，國際足球總會自一九三〇年創辦「世界杯」比賽以來，現在已有一百八十二個會員國。世杯出場球員不分職業與業餘，因此成為世界上最高水準的足球比賽。奧運規定足球限業餘選手參加，於是蘇聯及東歐共黨國家的偽業餘球隊遂在奧運大逞威風，長期包辦了前五名。這使歐洲及南美的足球大國輸得十分不服氣。數十年來，國際奧會一直要求准許足球職業選手全面參加，但是足總是不會讓奧運奪去「世界杯」的名與利的。

奧運其他項目的商業化也在進行中，如體操選手現在已經可以接受獎金和為運動器材公司做廣告。田徑賽選手可以接受由信託基金會保管的獎金，到退休時領取。本屆奧運雖將棒球列為正式項目，但是並未准許職業選手參加。現在國際職業棒球總會正在和國際奧會商量，主張准許參加職業棒球比賽不超過三年的球員，隨時可以重打業餘比賽，這也就是參加奧運。理由是如此可以照顧年輕優秀球員，提高奧運棒球水準。像這次棒球王國美國只臨時湊了一個大學聯隊參加，被國營的古巴隊輕易拿走冠軍，輸得實在冤枉。這個提案預計明年六月在義大利召開的國際職棒總會年會時將可通過，而於一九九六年奧運會中實施。

這次奧運會中最佔便宜的是一些共黨國家。蘇聯雖已解體，但是那些在共黨嚴格訓練下的選手仍結合為一，拿走了總冠軍。大陸隊在上屆奧運得牌數目居第十一位，這次升到第四位，他們的體育領導人伍紹祖還說，以後的目標要訂在「躋身四強爭前三」。但是看一看金牌數目，列第三名的德國是三十三面，大陸只有十六面，不到德國的半數，可證他們的第四得的很輕鬆。至於以十四面金牌獲得第五名的古巴，其中有七面是得自拳擊，因為卡斯楚知道世界各國的拳擊好手都去打職業比賽，他就有計畫的訓練打手，從十二個量級比賽中拿走七面金牌和兩面銀牌，僅以多一面即將西班牙壓倒到第六名。

共產國家選手之所以如此「優秀」，是因為他們是在超科班的訓練及超職業的待遇下精製而成。以大陸為例，據說全國各地設立的運動訓練營有兩千多個，家長爭著把小到四歲的孩子送進去受訓，因為這是吃「大鍋飯」的共產主義社會中少有的發大財之路，值得吃苦去一試。營中每天進行八小時的「魔鬼訓練」，即國手亦不例外。如本屆奧運獲得高低槓滿分的陸莉，就說她為了準備奧運，已經有六個月沒回家了。德國奧運代表團的總教練曼佛瑞德·柴斯曼稱此種訓練方式為「國營運動制度」，與民主的運動精神不符合。但是大陸的體育當局卻不諱言他們視體壇爭勝為國際宣傳的最佳方式。大陸奧運代表團的發言人淩志偉就對各國記者說：「我們認為奧運是我們這種社會的青年男女表現他們的優秀的最佳場所。」這等於說，參加奧運為政治宣傳重於技術比賽。

吸引大陸人民爭為國手的最大力量是金錢與實物。中國大陸體育委員會副主委袁偉民在奧會對記者說：「我們將發給奪牌選手比以前更多的獎勵，包括金錢、財物和房屋。」這次在奧運得金牌的大陸選手每人可以得到各國營公司贈給的十四萬五千元人民幣的獎金。以當時大陸人民月薪二百餘元人民幣計算，這筆錢等於六十年的薪水。換句話說，一個十幾歲的青少年只要拿到奧運金牌，就可以一舉得到相當工作一輩子的薪水。像這樣優厚的待遇，吸引力當然夠強大。不過這比臺灣的發給國光獎章獎助學金數目仍舊少得很多。臺灣金牌選手每人給新臺幣一千萬元，銀牌五百五十萬元。西班牙的金牌選手則可得到一百萬美元的退休獎金，這是由薩瑪蘭奇任總裁的卡利薩銀行提供的。不過這筆錢要到五十歲時才能領取。

堅決維護奧運為業餘運動的布倫達治曾稱職業運動員是「受過訓練的海豹」，意指經專業訓練成功後即出為技藝表演。薩瑪蘭奇的觀點卻正相反，他說，他決心讓各種運動的最佳選手出席奧運，不管他們是誰出錢培植。他把職業運動員怎樣參加的辦法，交給各單項運動協會去決定，卻要求各協會放寬尺度，不再堅守業餘主義。他指責各共黨國家派偽業餘運動員參加，認為是不公平的行為。這樣一來，關心體育人士不免猜測，業餘奧運恐將在二十世紀宣告結束，二十一世紀起奧運將為職業選手稱霸的場合。也有人以這樣做法是「違反國際奧會的業餘精神」為由提出抗議。就是共產國家也怕他們佔了多年的便宜因此消失，因為將來多財的民主國家派遣各種「夢幻運動員」登場，他們的「國家業餘運動員」就難以取勝了。八月九日巴塞隆納奧運舉行閉幕典禮時，巴市市長馬拉蓋爾把會旗交給下屆主辦的美國亞特蘭大市長時就激動的說，希望今後主辦奧運的城市「不要淪為商業主義的犧牲者」。亞城是可口可樂的發跡地，可樂也是亞城奧運的最大支持者。但是薩瑪蘭奇卻於次日反駁說，商業活動對奧運有益，應予支持，只要控制得宜，讓奧運由體育界領袖來運作就好了。

薩瑪蘭奇所說的「控制得宜」恐怕不容易辦到。像這次美國奧委會與銳跑運動器材公司簽約，收取四百萬美元的廣告費，條件是獲勝選手在頒獎典禮上須穿銳跑的運動裝。但是夢幻籃球隊的巨星喬丹和巴克萊就表示歉難照辦，因為他們已經和耐吉簽約了。這使人想到，一九八四年洛杉磯的二十三屆奧運會，蘇聯率同數十個共黨國家以「不安全」為理由拒絕參加（實際上是怕選手在美投奔自由）。美方亦以加強安全措施為由定出種種限制，包括觀眾入場時須搜身，所有罐、瓶裝飲料一律不准攜入。這樣一來，逼得觀眾不得不去喝場中專賣的一元七角五分一杯的昂貴可樂，因為這是可樂資助大會的交換條件。《新聞週刊》上刊登了一幅漫畫，畫的是三名美國選手包辦了一項比賽，站在頒獎臺上向上升的旗子敬禮。這時後面跑來一人，指著身後升起的星條旗向三人大叫：「你們搞錯了，你們的國旗是後面的那一個！」原來正面升起的旗子是：Coke（可口可樂），Reebok（銳跑）和 Nike（耐吉）。把奧運的商業化真是諷刺入骨。

七十二歲的薩瑪蘭奇自一九八〇年擔任國際奧會主席，任職十二年之久意猶未足，八月二十四日他在巴塞隆納宣布將競選連任，以便主持一九九四年的現代奧運百年紀念和九六年的亞城奧運。他最得意的一件事，是他接掌奧會時會產只有十萬美元，現在已經有幾百萬元。他說要不是有鉅額的商業贊助，奧運早就辦不成了。所以奧運越商業化，品質才會更好。他所說的品質，是指職業運動員在奧運創造更好的成績。有記者問他：「如果有運動員要求二千五百萬美元的出場費才肯參加，你覺得怎麼樣？」他答說：「我會很高興，因為這是表示奧運的重要性。」

在薩瑪蘭奇如此熱中奧運商業化的情況下，也有很多人心懷不安，表示反對。例如前面談到的美國奧會委員華克，最近就在紐約說，他知道主辦亞城奧運要花費十四億美元，不過在辦好奧運的時候，也要盡力發揚奧林匹克精神。他說，近來幾屆奧運的商業化情形日益顯著，辦會雖然要跟上時代潮流，但是也要兼顧傳統的奧運理想，大家應當對奧運保留一種特別感情。他說，他看奧運如耶誕，可惜近年兩者的商業味道都越來越重了。華克是一位七十六歲的黑人，今年十月將當選為美國奧會主席，那時他的意見在奧會中會很有分量。預計奧運商業化的問題在國際奧會中將有很大的爭論，可能影響到薩瑪蘭奇的連任問題。

奧運商業化有利也有弊。好處是辦會經費有來源，無須仰賴門票收入。同時比賽水準提高，可以滿足觀眾的需要。壞處是運動員降低身分成為「海豹」，有魚吃才表演給人看。而且民主國家不能像共黨那樣的搞「國營運動制度」，十足的控制運動員。例如這次我們在奧運得到一面男棒銀牌，已經心滿意足。但是如果能調用國內職棒甚至賣到日本的好手參加，可能金牌早就到手了。又如這次男棒打出一個郭李建夫，立刻被日本阪神隊以高價買去，不能再為國家及他的俊國隊效勞，這等於我國成為日本職棒隊的球員訓練班。故此商業侵入奧運如不可免，則職業選手的參賽權應當有一個統一的規定，大家共同遵守，利益均沾，勿使有人吃虧受累。「世界杯」足球賽就規定不管球員賣到哪一國，到「世界杯」舉行時，都要代表本國出場效忠，以免他的國人失望。我們不反對運動商業化，只是希望商人不要財大氣粗，把運動員和比賽場弄得像雜耍場、馬戲班一樣。運動界人士也要保持適當的尊嚴，不要見錢眼開，任憑商人擺弄，把自己搞成街上巡行的廣告人一樣。國際奧會既是全球體育界最高領導機構，就應當負責研究出一個兩全其美的規章，責令一百多個會員國共同遵守。

（民國八十一年九月）

該向高球說「不」了！

七月一日《中國時報》有兩條關於高爾夫球的新聞，一是報導美國前副總統奎爾在楊梅揚昇高球場與連戰、宋楚瑜、江丙坤、吳東昇等政經要人以球會友，賓主盡歡。另一是說全國高球場最多的新竹縣關西鎮自球場設立以後，溪水染毒，農田休耕，農民苦不堪言。又，各報刊出，李登輝總統健康檢查結果良好，臺大醫院醫師說可以放心的打高球。從這些消息可以看出，我國政經首腦熱愛高球，商人趁機迎合上意，劫持官署，猛開球場，加害農民，對於水土保持、環境保護等要務一概不理。

報導說，臺灣的高球場到現在教育部已經核准八十六家，面積達五千三百公頃。業者違規開發可能超過兩倍，達一萬五千公頃，等於一個新竹市。新竹在幾年間增加了十九個高球場，其中關西鎮獨得八個。新環境基金會日前到關西勘查「保富」及「鄉村」

兩家球場，憤怒的農民向該會人員控訴，並在鎮公所門前拉起白布標語，文為：「關西鎮超多球場是誰造成的罪孽？」農民們說，起初以為高球場會使地方繁榮，結果卻帶來災害。當地主要灌溉水源小北坑溪由於發源地變成球場，而使水流奄奄一息，下游廢耕農田達二十甲。溪水為球場農藥污染，其中魚蝦死光，甚至下游的雞鴨喝了水也被毒死。鄉村球場教育部核定的面積是二十一公頃，現在已經開發了七十五公頃。今年三月行政院農委會要求業者停工，但是球場不理，現在還在工作。新竹縣議員林祁俊質問縣長范振宗，說縣政府種樹經費不多，怎麼可以容許高球業者大量砍樹？立委林光華說，高球場涉及利益之大不是一般人所能想像的。二日《自立晚報》也報導說，山坡地開發為高球場向來被視為水土保持的大敵，新竹縣選出的立委柯建銘偕同環保團體前往關西勘查，證明農委會的停工令根本無效，怪手推土機仍在大顯威風。另一保富球場無照營運，開發時挖山填溪，使下游缺水，影響農民生計，居民告到法院，竟以敗訴收場。

三日《中國時報》又有一條消息說，民國七十八年初爆發的第一高球場舞弊案，臺灣高等法院更一審判決，前臺北市政府財政局長武炳炎依圖利罪，減判三年十月徒刑。前教育部體育司科長何敏依受賄罪減判二年八月徒刑。本案當年引起大風波，前法務部長蕭天讚因而下臺。僅僅第一一場已經發生如此嚴重弊端，其他各場的建造營運能夠都清白合法嗎？實在無法令人放心信任。負責核准建場的教育部早就感到依違兩難，因為為球場關說的力量太大了。有力人士樂於插手球場的主要原因，是如林光華所說的，利益之大超出想像。第一弊案爆發後，報紙電視上吵翻了天，當時發高球財的人抱怨說，申請一張球場執照，要從鄉鎮辦到中央部會，蓋三百多個圖章，需時半年到數年，因此只好對下級行賄，對上級送貴賓卡，以求速效。貴賓卡價值連城，能否轉售不得而知，反正上下打通，場以賄成，是這一行人走出的一條道路。在立委紛紛以檢舉貪污，打擊官商勾結舞弊自豪時，對於災情慘重的濫開高球場一事，卻還不見立院出現集體有力的糾舉，殊為遺憾。

六月七日台視播出臺中清泉崗高球場舉行第一屆立院劉松藩「院長杯」比賽，看院長當場揮桿，姿勢並不高明，也許是硬被拉來擔名，以便發揮辟邪及號召的作用。當場應邀參賽的立委、國代、政軍界要人多人。打完球並有酒宴晚會及抽獎。立委王金平、潘維剛、魏鏞等皆在行列中。值得注意的是，環保署長張隆盛與副署長陳龍吉也在揮桿，難道他們要親自看看球場是否有礙環保？教育部及農委會似無人參加，想來不是不夠格受邀，而是避嫌不去。果嶺雖好，終為是非之地，這種「白打的高球」，潔身自愛之士仍以少沾為宜。

為什麼說高球多是非呢？尹筱晴先生的〈高爾夫球場毒吞東南亞〉一文可供參考。尹文中說，東南亞各國的環保團體今年五月在馬來西亞檳榔嶼集會，發起「全球反高爾夫運動」，以阻止高球場在亞洲迅速增加，因為日本人已經把東南亞當作揮桿樂園。大會主持人齊約琳女士說，高球場即將吞噬馬來西亞，馬國現有一百五十座高球場，在西元兩千年前還要再增加五十座。一座球場的用水量相當於兩千個家庭的用量。在泰國南部，凡是有球場的地方，農地就缺水歉收。而球場所用的化學藥劑也會污染了當地的水源。她的結論說，高球場簡直是大地的「毒化庫」。不過這個「反高運動」在東南亞前途還難樂觀，因為各國高球商人長於鑽營拉攏，使達官貴人多兼營高球行業，想反對這些人非有特殊「高桿」不可。由此報導可以看出，日本人不願意將珍貴的土地無限制的供少數人享樂，逼得球迷不得不到外國去過癮。而東南亞諸國則官商勾結亂造球場發財，不顧國家人民利益。近年已有不少日人來臺打球，臺灣官商「聯營」之事不致像東南亞國家那樣明目張膽。大概高級主管已知高球不應推廣，但球商挾天子、重臣與民代以唬人，則在核定時不免手軟。其實球場即使不再增設，高官也不致打不上球，主管者固不必因此為上級擔憂也。

在人口與土地的比率上，東南亞諸國都比在臺的中華民國寬綽得多。臺灣是世界上最不宜推廣高球的地區，因為人口密度已為世界第二，怎麼還能劃出廣大土地供少數人揮桿取樂？然而在馬、泰等國人士發起全球反高球運動之時，我們這裡卻以新球場陸續落成，並舉行「院長杯」而沾沾自喜，難道我們想建立高球王國，來收容那些反高運動成功後產生的「高球難民」嗎？

在世界千百種運動中高球佔地最廣，故此在地狹人稠的臺灣如廣設高球場，顯為嫌貧愛富，土地資源分配不公的嚴重現象。七十八年九月七日我曾有〈高球設場到此為止〉一文，其中談到第一球場弊案發生時，行政院經建會曾發出警告，說臺灣照當時的速度增建高球場下去，到西元兩千年時將達到一百座，至少需再闢近一萬公頃的土地供用。而一個標準球場只能供八百到一千人使用，不合土地使用的經濟與公平的原則。至於高球場的破壞水土保持與生態環境，升高土地投機，影響農村純樸風貌及打擊農民辛勤工作意願種種弊害更為人所共知。經建會的結論是勸各有關部會應當「適可而止」，不要再輕言增設新球場。

現在看來，當時經建會的預測可能已是低估，因為目下核准的球場已有八十六座，申請中及無照開設的不知道有多少，所以到本世紀末一百座怕是擋不住了。警告中所說的「升高土地投機」一事，當時電視上辯論高球應否限制問題，主張限制的張石角、馬以工兩教授曾說，估計臺灣每年有五千甲土地轉入財團手中，將來可能臺灣大部分土地集中在一百個人手裡，七十八年已有三百五十甲土地申請做高球場，難保這些人將來不會要求土地變更用途，以達到炒作的目的。這是說提倡高球除了本身是生財之道外，並可以炒作土地為終極目標。臺灣物價高昂為世界一級，主要原因是股票及土地被炒高得離譜兒。現在股票已被控制，政府對防止土地炒作該加加油了。

臺灣的高球與農民爭地不自今日始，民國五十二年八月間，高雄市市長陳啟川與高雄水廠廠長張文成為大貝湖高球場土地問題大起糾紛。陳啟川在四十八年就以「配合水廠觀光建設」為由，促成球場的建設。此場佔用的七百五十多畝田地，早經農民耕種為生。水廠以「造林保土保持水源，使工業給水廠發揮功能，維持高雄區工業和船舶用水」為由要求使用，經行政院下令徵撥，農民只好放下犁耙。農民撤退後，球場趁機動工，砍樹七萬餘株，毀壞若干蓄水工程，並將湖濱造成砂丘，使湖水濁度增加到五千多度。當建場時並多佔了水廠九公頃土地，張文成憤而要求收回，以保護水源，挽救大貝湖。當時高雄縣議員曾指責，說球場是「把大人先生的豪華享受建築在農民的痛苦上」。陳誠副總統也指出，臺灣盛行打高球風氣，和國家處境很不協調。所謂「不協調」，當是指在國家需要刻苦奮鬥，勵精圖治的時候，國人，尤其是處於領導地位的達官貴人不該耽於貴族的高球之樂。

臺灣外匯存底久居世界第一，相信國民擁有高球場的面積（以各國人口、土地及高球場面積平均計算）也會不落人後。這種不宜在臺推廣的運動發展得如此迅速，與「上有好者」有密切的關係。而官商如欲勾結，高球又是一條捷徑。在周至柔任省主席時代，曾在中興新村設高球場，勸令高級主管提早起床，在上班以前先去打球，若干從不運動的官吏引以為苦，周主席的熱心提倡高球可以想見。目下在總統以次皆好揮桿的情形下，自然更是盛況空前。就在臺灣高球場熾熱聲中，報載南韓總統金泳三宣布，在他五年任期內絕對不打高球。他說高球對目前亟待振興經濟的南韓弊多於利，公務員應埋首辦公桌，而不去搞那種有錢有閒人的運動。企業界人士亦不應成天待在果嶺上不辦正事，導致社會紀律蕩然，南韓習見的官商勾結就常在球場上進行。他同時封閉了總統府內的高球練習場，愛高球的南韓內閣閣員和執政黨官員皆應聲停桿，全國高球俱樂部及高達二十萬美元一張的會員證也隨之跌價。執政黨主席金鍾泌和九名官員忽視禁令同去打球，金泳三直斥他們為「冥頑不靈」。他的發言人李敬在也說，在政府致力克服危機的時候，官吏應該知道他們該怎麼做。金鍾泌立刻表示道歉。新聞的最後說，金泳三的反對打高球，加上他的政經改革措施，使他在最近民意調查中聲望已超過百分之七十。

總統宣布不打高球就能使聲望迅速上升，這真是獲得民心的最簡便的方法。換言之，高球害多於利久為老百姓所不滿，一旦總統帶頭兒「封桿」，選民自感欣慰。我國現狀與南韓比較，除了經濟略勝一籌外，國際地位與國防安全都差南韓甚遠，所以金泳三的革新措施值得我們鄭重考慮。

我寫〈高球設場到此為止〉一文的最後，建議政府對申請設新場一律不准；已核准者停止設計或施工，候主管單位重新評估，再定去留；各級議會應對政府的土地資源分配失當提出糾正。此類建議當然無效，試看其後要人每打一場球媒體就大肆宣傳，似是表示這是執政者的施政要項，只應擴大，不可節制。不過各報發表總統體檢消息的同時，立委陳光復建議李總統公開宣布「終身不再打高爾夫球」，以免上行下效，官場上瀰漫高球風氣，進而球場紛紛增闢，破壞自然生態及國人生活空間。他認為政府應透過立法禁止申請開闢新球場，並將已設球場改為公園，供全民共享。他又說，據國有財產局的資料顯示，目前只有四家球場是合法租用國有土地，其餘球場都是非法佔用，行政院對這些土地應該全部收回，闢為公園。

終身不打似乎太長，李總統如能表示在本任期內不打，比金泳三少兩年，已經很不錯了。如有此公開宣布，或只口頭傳知，官吏當會遵令停桿，而富商見失去結交官府機會，也就懶得跑球場了。陳光復所說的國產局的資料如是事實，則情形十分嚴重。試想電影院不顧公眾安全就要拆無赦，則萬頃良田被強造球場何能視若無睹？高官民代及富商還要到場揮桿，試問汝心安否？不過主張將所有球場一筆勾銷，恐怕事實上辦不到。但是不設新場及無照舊場追回土地則大有可為。希望前述各委員在立院結合「反高」同志，正式提出對高球設場查舊停新的議案，相信此一時代要求當能獲得多數委員的同意及民間環保團體的支持。此事也可以用來做競選的課題，國民黨如讓他們的臺北縣長候選人宣布，尤清辦不到的收回淡水球場，他可以辦到，至少收回一部分，相信可以多得若干選票。民進黨如就此事指責國民黨土地資源分配不公，造場多有弊端及官吏耽於貴族運動等等，也是言之成理。主導打或不打的李總統過去曾經「為國封桿」，近年也少登場，想來再度宣布不打應無困難。何況他是農學博士，當然不願見少數人的享受傷害了多數農民的生計。

寫到這裡，恰好看到路透社自華盛頓發出的一條消息，說聯合國糧農組織最近發表一份報告中稱，全球耕種土壤因人為惡用正以驚人速度流失之中，照這樣下去，到下個世紀之初，人類恐將無法自給自足。因為人口增長和可耕地日益萎縮形成惡性循環，這種惡果將在三十年內出現，但是如果人類具有睿智與遠見，這種情況可以避免。糧農組織會長紹馬也說，人為的耕地退化使我們不得不懷疑，到了二〇二五年能否擁有足夠的耕地，來餵飽增長出來的二十六億人口。這個報告中所說的「人為惡用」，主要的是指耕地使用不當使生產力退化。但是人口增加，耕地改建房屋、道路及機場等，也是糧食隨之減產的重要因素。地小人多的臺灣更有他國所無的廢農田改球場的惡用現象，真是雪上加霜。三十年轉瞬即到，我們應為食糧自給自足早作打算，因為到了舉世皆荒的時候，有錢也會買不到東西吃。希望民意調查及電視辯論再把這個問題炒熱，看看究竟民意傾向哪一方面。我認為我們現在已經到了該向高爾夫球說「不」的時候了。

（民國八十二年八月）

為「反高球」再出擊

《中國時報・人間》刊出我的〈該向高球說「不」了！〉一文，說明高球以廣大土地伺候少數達官巨商，為害農民大眾，且提供官商勾結管道，應到此為止，不再增設。並建議已經出面「反高球」的立委在立院擴大行動，對球場「查舊停新」，擋住濫建的浪潮。同時籲請李總統繼南韓金泳三總統之後，宣布任內「封桿」，以示節制此項貴族運動，減少其對國民的災害。《人間》同時刊出蘇文魁先生的〈平民莫近——淡水高球場的歷史與爭奪〉一文，對臺灣第一座高球場淡水場提供珍貴的史料。文中大致說，在一九一八年日人佔領臺灣期間，臺銀總裁櫻井欽太郎向副總督下村宏建議，闢淡水練兵場為高球場，次年六月一日即完工開桿，這證明高球場是財與勢的結合體。那時從臺北到淡水往返需交通費一圓三角，可購百公斤白米。土製的球桿一組約兩百元，可購七千斤稻米，這證明高球是貴族運動。光復後政要到淡水打球時，要道上要加崗加哨。郝院長來時路上的廣告牌都要收進去。「阿輝仔」來時禁遊客去看舊砲臺。球場也掛出「飛球傷人遊客勿進」的嚇阻牌。尤清做臺北縣長後，千方百計收不回淡水球場，但卻利用此事大肆宣傳「國民黨擁護特權，不顧民眾權益，打壓他的政績」等罪行。

據報上報導，臺北市政府決定在基隆河截彎取直後得到的二百四十公頃新生地中，取出六十公頃建設高球場，而這塊地扣除發還原地主及增設必要公共措施，所餘已不多。此事引起臺北市議員、經濟部水資會及環保團體的強烈反對。市議員藍美津、林晉章、江碩平、謝明達等表示，這塊新生地是全體市民共有財產，應當闢建大眾化、平民化的運動休閒設施，如壘球、網球、小足球場等，供市民使用，造高球場伺候少數人則不公平。水資會官員說，在行水區設球場會妨害行水安全，對打球人也有危險。另據受農委會委託研究高球場設置的臺大張石角教授說，高球場是典型的人工化花園，本身怕水，同時又要用大量的水，除草劑和農藥，以維持草皮。所以要有良好的排水系統，設在行水區，一遇到洪水，球場就完蛋。如做到不怕水的球場，打球就無法便宜。他說，一座十八洞的球場每天只能讓兩百人使用，市府用六十公頃土地建九洞球場，使用的人更少，投資是否適當值得檢討。新環境基金會代表說，現在臺灣高球場已近一百座，其中多為違規、違法的濫建，北市府還要將寶貴的大面積新生地蓋球場實為不當，何況球場會嚴重污染基隆河水質。又說，高球之被定位為貴族運動，是因為球場佔用土地及水資源極大，但使用者少。據市府規畫單位估算，此場一年可供兩萬人次使用，平均一天只攤上五十四點八人，實在有違土地使用應公平合理的原則，報上並說，以臺北人口二百五十萬人計，市民要排隊一百多年才輪到一次揮桿。

官商勾結強佔國有土地興建高球場事件時有所聞。立委朱星羽提出，中小企業銀行涉嫌與高球商合作，詐欺會員會費八億元鉅款。這家新店高球場的設置申請案已在今年三月十九日遭教育部駁回，但仍招募了五二一名會員，證費每人一百萬到二百二十萬，總數八億元，其中自備款三億餘元，中小企銀聯貸消費性貸款五億餘元。新店球場既難成立，卻不發還會員自備款，反將會員逕自轉移給另一長安高球場，通知各人限期辦理手續，否則即是「自行放棄權利」。長安球場會員證的市價只有七十餘萬元，會員不同意，因而引起糾紛。

從這件事可以看出，臺灣目前推廣高球所引起的種種怪現象：㈠高球商似是有恃無恐，不等教育部核准，即行索取重金招募會員，事敗後逕將會員倒給另一較廉球場，對會員權益絲毫不放在眼裡。㈡中小企銀顧名思義應是支援國民做中小買賣的特設銀行，現在卻貸款每人百萬元給五百多位富戶去做貴族運動，看來該行該改改名字了。㈢人借錢買房子住有必要，借錢買會員證就沒道理。因為即使獲得要人身分的虛榮，你也不能掛著會員證滿街誇耀。㈣或曰這也是投資，轉手可以賺錢。實際上投資到球場十分危險，天災人禍隨時都會使會員證不值一文錢，何況借來的錢還要付利息。

但是此類高球場濫造情形正在進入高潮，又報上消息，沿新店溪兩岸遍設高球練習場，僅安坑地區除已完工三座外，另二座正在動工中。景美溪堤外又在大興土木，違法建造高爾夫俱樂部。業者逼向河面填土，嚴重威脅行水。北市、北縣當局對此事束手無策，只有互踢皮球，對民意代表關說的壓力全無還手之力。北縣工務局曾對一球場罰臺幣九萬元，但是球商對於這類小錢並沒看在眼裡。對高球場破壞水土造成災害問題，農委會及環保團體在一項公聽會上，同聲嚴厲抨擊高球業者欺騙政府，破壞環境。主張違法超挖者應撤銷開發許可，但是地方政府拒不執行。依「山坡地保育條例」規定，每次只能罰四萬五千元，有的業者表示，願提撥一百萬元做基金，讓政府去扣。而國有財產局對多數高球場強佔國有土地的訴訟費一年只有七十萬元，不夠買一張會員證。政府既無力或不阻止濫造球場，又沒錢打官司，只有聽任業者去胡作非為了。

高球業者的經營祕訣之一是利用政經要人張大聲勢，以嚇阻主管當局的監督，並提高球證的價碼。據報導，李總統申報財產中，有一座在桃園大溪山莊鴻禧高爾夫球場內的美式別墅。連戰、吳伯雄、辜濂松、國泰蔡家等都有購置。該地二百公頃，分出一百二十公頃做球場。開挖之初曾因侵佔公地而被告，後來該球場重視「回饋地方」，糾紛才平息。據張石角教授說，該球場有蝴蝶及池魚，可證尚未濫用農藥。但是球證價格也高到五百五十萬元，證明高球場如顧及環保就成本奇高，不是一般人玩得起的。大溪山莊因總統「逐高球而居」出了名，於是在房價走低聲中而一枝獨秀。至於打高球究竟要花多少錢，林口東華高球場開幕，公布開幕期間的優惠價是週一到週五一千六百二十元，週六及例假日一千九百八十元，會費三百一十五萬元，可貸款二百二十萬元，分七年攤還。不過據報導，曾經搶手的高球銀行貸款，現在申請的人已經寥寥可數。想來無論是為了運動或投資，人們看到業者這樣亂搞，弄得危機四伏，已不願把數百萬元扔到果嶺上視其隨風而逝。這倒是限制濫造高球場的好時機，希望教育部等有關單位及早把握。

但是看起來教育部對處理這種事情還是手軟，例如七月間教育部曾祕密審查關西鄉村高球場違規超挖破壞環境一案，業者承認有此事實，但卻辯稱這是「法令不當」所造成的。因為法令規定只准林地做高球場用地，而在臺灣想找一塊完整的林地相當困難，所以買土地時業者可能買到各種地目，申請時先提出沒問題的地目，核准後再擴大開發，這是普遍的現象。我們認為法令規定已經太寬，臺灣根本沒資格廣設高球場。准許砍樹打球，破壞生態，已是有害大眾，現在業者還要取巧從合法延伸到非法，實難寬恕。就算是法令確有不當，也應當先修法再搞球場。業者自行認定「法令不當」即任意加倍超挖是違法的。不過教育部當天並沒有撤銷鄉村高球場的許可證，只決定將再組成勘查小組，了解實況後再作決定。因為高球協會理事長陳重光在會中說，「高球是正當的休閒活動，應該多多鼓勵」。其實此案只是討論建場是否違法，與高球運動是否正當無關，但是「總統老友」既然發下話來，教育部官員也就不敢依法辦理了。按，新竹是全臺高球場最多的一縣，在最近幾年間就增加了十九座之多，其中關西鎮獨得八座。電視上播出，關西一向以老人多自豪，因修了一座「關西長壽橋」以示慶祝。播報員說，現在高球場遍布關西，農藥污染，環境破壞，對老人壽命將構成威脅。立委林光華曾說，高球場涉及利益之大不是一般人所能想像的，似此新竹縣長范振宗及新竹縣議會議員的責任問題應予追究。

寫到這裡，想到一個插曲，報上報導國民黨十四全會情形，末一段說，自稱來自勞工階級的廖進興要求李總統不要再打高球，應該走入有很多勞工的棒球場，那裡才有我們的選票。廖發言後向李鞠躬，李對別人都會禮貌的起身還禮，這次卻端坐位上，連頭都沒點。看起來李總統對此建議似不欣賞，但是民主時代也只有聽聽而已。

目前全臺灣遭逢近三十年來最嚴重的旱災，朝野易「望春風」之歌齊唱「望颱風」，報上報導，李總統說，水荒是因為水權與水源未作適當配合之故。在此報導下的另一消息說，臺灣在五十多年前調查，全省有五十多處可以建水庫，現在這些地方都建造了高爾夫球場、遊樂場和大型社區。經濟部水資會的官員說，可用於建水庫的壩址現已很少，水的供應不可樂觀。附帶報導說，將來海水淡化成本降低，人類可以以海水取代雨水。高球場奪取水庫壩址，足證業者的實力強大。預想將來海水喝光處的海底又可設置球道果嶺，來「鼓勵正當活動」了。雨港基隆因久旱而限水，如望不到颱風，他處亦將跟進。一座高球場的用水量相當於兩千個家庭，現在限制老百姓洗菜，而聽任權貴揮桿，恐非水源適當利用之道。在縣市長普選期前，對選民心理亦不無影響。新加坡總理吳作棟十三日來華訪問，連戰院長去機場迎接，隨後並與吳做高爾夫球敘。如此為「外交上的必要行為」，我們暫不置評。只是希望連院長督策教育部等單位對高球場申請不畏權勢嚴加核准與取締，同時責令臺灣省政府查核各地的違法濫設球場有無官商勾結，吃政府害人民的不法行為，那就是「內政上的必要」了！

（民國八十二年九月）

想起了當年桌球事

民國五十一年國語日報在福州街蓋了一座樓房，雖只五層，當時已經是福州街的第一高樓，也是臺北市報館中第一座自建的社址。報館蓋好後以五樓為禮堂，但是使用的機會並不多。很大的房間空著可惜，就請報社的老木匠吳師傅打造了一張桌球檯，裝上球網就打起球來。有一天，不愛運動的何容發行人大概怕同仁「玩物喪志」，叫總務鎖起禮堂門，停止打球。我只好告訴總務門可以定時打開，恢復運動。我是覺得報社工作是全天候的，各部門隨時會有事情發生，同仁公餘在社中打球，有事上樓去找很方便，那時報界人士盛行開「四健會」（打麻將），臨時找人諸多不便。

禮堂可以打球以後，也有小學生來過癮。如果鎖了門，他們甚至爬上樓頂平臺，再用繩子吊下身體，推開沒有鎖的窗戶進來打球，這種「熱心體育」的精神實為驚人，也可以說是引起我們辦桌球比賽的動機之一。五十七年我們開始辦理「國語杯」桌球比賽，邀請全臺灣的國小派隊參加，希望各小學因為比球技而加強桌球運動。臺灣一般都市小學都感到運動場所不足和雨天過多之苦。桌球是小型的室內運動，容易佈置球場，學校裡甚至下課後推開教室的課桌椅，擺上球桌，也可以成為代用的運動場。「國語杯」開始以後，參加的學校越來越多，各校的桌球人口隨之增多，水準也提高，我們的目的總算達到了。

民國七十四年國語日報又在福州街社址旁蓋了一棟十二層樓房，最上層的禮堂比左面的五樓禮堂更高大，可以擺十幾張桌球檯。於是我們決定在那時設立的「文化中心」之下增加一個桌球班，招邀小朋友來打球。我們對球場的裝修下過工夫。參考日本桌球室佈置資料，燈光求其適度而悅目，地板加漆防滑油漆。打桌球球員身體不接觸，本來就比較溫和而安全，腳下再不滑，使「運動傷害」更減少，家長可以放心讓孩子來打球。桌球怕風，不能裝電扇，我們有冷氣開放。所以我們以擁有臺灣最好的桌球場自豪，應當不算是誇大。

桌球班七十六年二月開班，參加的同學很多。他們到報社打球比進市區龍蛇混雜的桌球店更安全。班上請了幾位桌球國手擔任指導，學員進步很快，這也是一般球店不容易做到的。後來有媽媽見孩子打球而心喜，自己也要一試身手，於是桌球班又增加了婦女組。這樣的「少長咸集」，大家歡樂，充分的顯示出小白球的魔力不凡了。

由於禮堂的桌球氣氛濃厚，報社同仁的桌球人口也迅速增加。在這種場合大家不分職位與年齡一齊來揮拍，技術好的最神氣。報社同仁每年舉辦一次桌球比賽，切磋球技，聯絡感情，同時使報社代表隊的實力加強，勝過同業各家的桌球隊。近二十年來，新聞界每年主辦「記者杯」和「新聞杯」桌球比賽，參加者有臺北幾十家報社和通訊社。場地一直借用本報禮堂，使我們引以為榮，覺得報紙雖小，球場卻好。在兩杯比賽中，我們經常包辦各組冠軍。近年為了將獎杯公諸同好，我們只保留了男子團體冠軍，其餘各組就由其他參加者奪取，以提高參賽的興趣。

三十年時間轉眼過去，我們這些當年辦理「國語杯」的人都進入老境，有的已自報社退休，但是多數人仍未放下球拍。這就是桌球的長處，因為它的「運動壽命」比別的運動長，正好配合上人類日有增進的平均壽命。我們的有生之年都可以與桌球為伴，就不至於有寂寞黃昏的感慨了。

（民國八十六年十月）

附錄

平凡的典型——談何凡其人其文

亮軒

《何凡文集》一套一共二十六冊，在書店裡不太見得到公開陳列，盛行連讀書都要「輕、薄、短、小」的今天，一部二十五開本的大部頭書，除了最後一本別冊，其餘二十五本連一張插圖都沒有，書店店員就難得有興趣了。何況一全套一攤出來就佔用了好大的空間，這種年頭最高的成本的就是空間，書店不肯陳列，理由就更清楚了。時代的腳步很快，在《何凡文集》出版時，還有過盛大的酒會，何凡的夫人林海音女士，率領幾個女兒跟幾位編輯，花了好幾年的功夫才整理出這一套書，固然也十分轟動了幾天，如今卻漸漸為人淡忘。

每一次從書架上抽出一、兩本《何凡文集》來讀的時候，前面的那種感慨，便禁不住的油然而生。

何凡的寫作生涯很長，依年表所見，「玻璃墊上」專欄應該從民國三十四年《北平日報》副刊開始的，以後聞名海內外《聯合報》副刊上的「玻璃墊上」，應是《北平日報》時代的延續。而早在民國二十三年，何凡即擔任《世界日報》的編務，如今八十多歲的何凡先生依然寫作不斷，不久之前還有一篇一萬字左右討論奧運為商業污染的文章發表，理脈嚴謹、觀察深刻，一如往其的作品，顯然將近六十年的寫作生涯，還能持續下去。在一甲子的歲月中，何凡或許不是寫作字數最多的一位作家，但肯定是篇數最多、對於社會建設影響最大的一位作家。雖然如此可觀，更要緊的是何凡並非一位專業作家，依協編《何凡文集》的何凡先生女公子夏祖麗所記，僅僅計算民國四十二年底起到七十一年十一月底聯副所刊「玻璃墊上」，便有五千二百六十三篇之多，而這些文章都是在平時忙碌的工作之外寫出的，夏小姐說「父親不是快速作家」，凡是有寫方塊經驗的人都知道，方塊篇幅雖小，要顧到別人顧不到的，說別人說不出的，因此快速不得。若是沒有一股對國家社會強烈的使命感，要成為一位以業餘時間得此豐收的作家，是辦不到的。

在多年以前曾聽到旅美散文家吳魯芹先生說，中華民國的現代化過程中，何凡先生功不可沒。吳先生並不是在發表一篇演說，只是在聊天當中閒閒的道出這麼一句話，我卻為這一句話思索良久。一位文人在這個時代，能以簡單的百姓身份，不結交應酬，不介入任何權力結構，卻能促使一個國家進步，所憑藉的只是一枝幾塊錢新臺幣就買得到的原子筆，他的為人與為文必有過人之處。在《何凡文集》的「別冊」中，收錄了九篇討論何凡其文其人的文章，每篇平均亦不過兩千字上下，此與何凡創作之豐、影響之大，幾乎不成比例。吳魯芹先生曾經鼓勵學生可以臺灣的方塊文章為題寫一碩士論文，此議最後還是沒有著落。在翻閱《何凡文集》之後，更覺得單以現成的這一部大書，便可以作為一篇碩士論文的還是博士論文的主要依據。

不過何凡並未受到評論者或是專業文學研究者的青睞，也有原因。方塊不同於在嚴格定義下的文學，或許更適於作為社會學研究的對象，但是比較「正統」的社會學者可能又認為何凡的作品「學術性」不夠。於是何凡的作品就兩頭落空了。徐雯的一篇評論引王政雄的話說：「何凡專欄的特點是，他的思想觀念比一般人早一、兩步，和某些領先眾人十幾步的專家學者不同，不會讓人感到遙不可及。」此語恰好道出了何凡的特色，「領先一、兩步」最能夠引起大眾的共鳴，也容易受到當道者的接納，所以何凡對我們國家社會有如此的貢獻，但是從學者的眼中看去，「才一、兩步」，似乎也不耐深究。所謂不耐深究者，也可能是何凡已經要言不繁的把話都說明白了，自己再也玩不出什麼花樣來了。

回頭再翻讀《何凡文集》的時候，還會有新發現，何凡的這一、兩步，可真是「大步」哇！固然許多問題經過他的鼓吹，已經有了改進，但是依然故我遲至不前的，還是很多，何凡作品一篇一篇看，彷彿都是出自一般老百姓的肺腑之言，合起來看，倒還真的可以鑑往而知來的。這好幾千篇的方塊文集，是臺灣這五十年來庶民生活史的最佳見證，但願有人知道：想要弄清楚自政府遷臺之後百姓所見所感所喜所惡的最直接資訊，正是這一部《何凡文集》。就算稱之為民國四十年至民國七十年在臺灣的庶民生活史，亦不為過。

何凡並不是一位生活的記錄者，他篇篇都有意見，而意見都不是不可行的，這正是他影響之所在。產生如此作用的原因，在於何凡作了我們大家生活的代言人。他談論的問題，都是生活上的問題，而且任何的大問題，他也是從生活的層面來觀察。人生哪有比穿衣喫飯更要緊的事?從這些最最基本的人生條件出發，很多複雜的問題也就簡化了，許多拐彎抹角的官僚手段也就無法遁形了。何凡批評電燈泡的品質不良，居然使得當時經濟部長尹仲容下令砸碎了好幾萬隻不合格的燈泡。他一再的鼓吹「國飲」—喝茶，使得今天飲茶的人口遠遠超過飲咖啡的人口。何凡對於民意代表不當的表現必予修理，但是調侃中不失厚道，讓挨修理的人願意虛心接納而有益施政。何凡力主賣豆漿的不該在端碗時把大拇指泡在豆漿裡面，一下子天天喝豆漿的都眼尖起來，，結果許多豆漿店都托上了搪瓷盤子……，這一類的例子，在他的文集中不勝枚舉。文人的一枝筆到底有多大能耐?寫作多年的人都不免懷疑，但是何凡的成就卻給後起者許多鼓勵。

連續將近三十年的方塊寫作，必須定時交稿，除了極特殊的兩、三次，何凡從來沒有脫期，如此言必有信的作家，是主編夢寐以求的，卻是難得一見的，印象中梁實秋先生也是言必有信的一位，但產量卻不如何凡先生豐富。成功的條件不少，毅力是不可或缺之一項。支持何凡鍥而不舍如四時運行般那麼堅定的寫下去的，是他擇善固執加上無比樂觀的心理。稍微檢視一下總目，就會發現他對於同一個問題，常常從各個不同角度、不同層次，反覆的談論，務必要有個著落才能算數。固然有的問題無法悉如所願，卻不能不承認必然的產生了影響力。譬如說是飲食衛生、菸酒之類的文章，他寫過兩百篇左右，運動方面更不止此，對於教育之關切，單從他發明「惡補」一詞流行至今可見一斑。凡此都足以表現出他擇善固執的精神。而且他每一篇文章都透出對改進的信心，倘若無此信心，想來誰也不會如此苦口婆心了。

因為「玻璃墊上」太有名了，以致於何凡其他風格、體裁的作品反而不太受人注意。不錯，時評「玻璃墊上」總是一是一，二是二，正如梁容若形容的「看得多，寫得短，選得精，說得淺」，這十二個字要做到可不容易，因為樸實是在所有的表達中最高的境界。「玻璃墊上」討論的都是大眾生活上的問題，使得何凡予人不夠浪漫的感覺。不過讀讀「玻璃墊上」以外的作品，就會見到何凡細膩柔和的一面，他的〈一根白髮〉、〈城中歲月長〉、〈蝸牛的觀察〉、〈大和風及其他〉、〈談湯〉等等，都可以讓讀者見到何凡的另一面。若不是這一部文集，何凡的「浪漫」就可能只有他的家人與少數友人知道了。其實敘理清晰而且平易近人、逸趣橫生的作者，不可能寡情，能那麼深刻的關懷社會，怎麼可能不浪漫？只是他的表現方式老派了一點，閱歷經驗略淺的讀者，不太感覺得出，但這正是何凡是抒情滋味深長之所在。「話短情長」，應該可以用來形容何凡的浪漫了。

白話文盛行成為主流之後，固然已經發展了大半個世紀，真能做到「我手寫我口」的程度者極為罕見，何凡之文看似平淡，卻是白話文運用的極致的高手，他用的是北平話，但是從不油腔滑調。他以生活為題材，卻能別有會心。分析事理有憑有據，足證其勤學，但無絲毫道學氣。能掌握對事不對人的分寸，所以受他批評過的都不記恨，能真心關懷因而流露出親切而絕無矯情，所以讀者廣泛，並且有無數海內外的「義工」為他提供資訊，同時也一吐心中塊壘。何凡以其一甲子的寫作生命，為入世的文人樹立了一種典型，「文如其人，人如其文」，何凡可以作為這八個字的活註解。固然新一代的讀者知道何凡者漸漸減少，但是，何凡在臺灣對於過去、現在，甚至未來的影響，依然是十分肯定的。

（民國八十一年十月）

三民叢刊書目

①邁向已開發國家　孫　震著
②經濟發展啟示錄　于宗先著
③中國文學講話　王更生著
④紅樓夢新解　潘重規著
⑤紅樓夢新辨　潘重規著
⑥自由與權威　周陽山著
⑦勇往直前
・傳播經營札記　石永貴著
⑧細微的一炷香　劉紹銘著
⑨文與情　琦　君著
⑩在我們的時代　周志文著
⑪中央社的故事（上）
・民國二十一年至六十一年　周培敬著
⑫中央社的故事（下）
・民國二十一年至六十一年　周培敬著
⑬梭羅與中國　陳長房著
⑭時代邊緣之聲　龔鵬程著
⑮紅學六十年　潘重規著
⑯解咒與立法　勞思光著
⑰對不起，借過一下　水　晶著
⑱解體分裂的年代　楊　渡著
⑲德國在那裏？（政治、經濟）
・聯邦德國四十年　郭恆鈺 許琳菲等著
⑳德國在那裏？（文化、統一）
・聯邦德國四十年　郭恆鈺 許琳菲等著
㉑浮生九四
・雪林回憶錄　蘇雪林著
㉒海天集　莊信正著
㉓日本式心靈
・文化與社會散論　李永熾著
㉔臺灣文學風貌　李瑞騰著
㉕干儛集　黃翰荻著

㉖作家與作品　謝冰瑩著
㉗冰瑩書信　謝冰瑩著
㉘冰瑩遊記　謝冰瑩著
㉙冰瑩憶往　謝冰瑩著
㉚冰瑩懷舊　謝冰瑩著
㉛與世界文壇對話　鄭樹森著
㉜捉狂下的興嘆　南方朔著
㉝猶記風吹水上鱗
・錢穆與現代中國學術　余英時著
㉞形象與言語
・西方現代藝術評論文集　李明明著
㉟紅學論集　潘重規著
㊱憂鬱與狂熱　孫瑋芒著
㊲黃昏過客　沙　究著
㊳帶詩蹺課去　徐望雲著
㊴走出銅像國　龔鵬程著
㊵伴我半世紀的那把琴　鄧昌國著
㊶深層思考與思考深層　劉必榮著
・轉型期國際政治的觀察
㊷瞬　間　周志文著
㊸兩岸迷宮遊戲　楊　渡著
㊹德國問題與歐洲秩序　彭滂沱著
㊺文學關懷　李瑞騰著
㊻未能忘情　劉紹銘著
㊼發展路上艱難多　孫　震著
㊽胡適叢論　周質平著
㊾水與水神
・中國的民俗與人文　王孝廉著
㊿由英雄的人到人的泯滅
・法國當代文學論集　金恆杰著
51 重商主義的窘境　賴建誠著
52 中國文化與現代變遷　余英時著
53 橡溪雜拾　思　果著
54 統一後的德國　郭恆鈺主編
55 愛廬談文學　黃永武著
56 南十字星座　呂大明著
57 重疊的足跡　韓　秀著
58 書鄉長短調　黃碧端著

59 愛情・仇恨・政治
・漢姆雷特專論及其他　朱立民著
60 蝴蝶球傳奇
・真實與虛構　顏匯增著
61 文化啓示錄　南方朔著
62 日本這個國家　章　陸著
63 在沉寂與鼎沸之間　黃碧端著
64 民主與兩岸動向　余英時著
65 靈魂的按摩　劉紹銘著
66 迎向眾聲
・八〇年代臺灣文化情境觀察　向　陽著
67 蛻變中的臺灣經濟　于宗先著
68 從現代到當代　鄭樹森著
69 嚴肅的遊戲
・當代文藝訪談錄　楊錦郁著
70 甜鹹酸梅　向　明著
71 楓　香　黃國彬著
72 日本深層　齊　濤著
73 美麗的負荷　封德屏著

74 現代文明的隱者　周陽山著
75 煙火與噴泉　白　靈著
76 七十浮跡
・生活體驗與思考　項退結著
77 永恆的彩虹　小　民著
78 情繫一環　梁錫華著
79 遠山一抹　思　果著
80 尋找希望的星空　呂大明著
81 領養一株雲杉　黃文範著
82 浮世情懷　劉安諾著
83 天涯長青　趙淑俠著
84 文學札記　黃國彬著
85 訪草（第一卷）　陳冠學著
86 藍色的斷想
・孤獨者隨想錄　陳冠學著
A・B・C全卷
87 追不回的永恆　彭　歌著
88 紫水晶戒指　小　民著
89 心路的嬉逐　劉延湘著

90 情書外一章　韓　秀著
91 情到深處　簡　宛著
92 父女對話　陳冠學著
93 陳冲前傳　嚴歌苓著
94 面壁笑人類　祖　慰著
95 不老的詩心　夏鐵肩著
96 雲霧之國　合山　究著
97 北京城不是一天造成的　喜　樂著
98 兩城憶往　楊孔鑫著
99 詩情與俠骨　莊　因著
100 文化脈動　張　錯著
101 桑樹下　繆天華著
102 牛頓來訪　石家興著
103 深情回眸　鮑曉暉著
104 新詩補給站　渡　也著
105 鳳凰遊　李元洛著
106 文學人語　高大鵬著
107 養狗政治學　鄭赤琰著
108 烟　塵　姜　穆著
109 河　宴　鍾怡雯著
110 滬上春秋　章念馳著
111 愛廬談心事　黃永武著
112 吹不散的人影　高大鵬著
113 草鞋權貴　嚴歌苓著
114 是我們改變了世界　張　放著
115 夢裡有隻小小船　夏小舟著
116 狂歡與破碎　林幸謙著
117 哲學思考漫步　劉述先著
118 說　涼　水　晶著
119 紅樓鐘聲　王熙元著
120 寒冬聽天方夜譚　保　真著
121 儒林新誌　周質平著
122 流水無歸程　白　樺著
123 偷窺天國　劉紹銘著
124 倒淌河　嚴歌苓著
125 尋覓畫家步履　陳其茂著
126 古典與現實之間　杜正勝著
127 釣魚臺畔過客　彭　歌著

128 古典到現代　張　健著
129 帶鞍的鹿　虹　影著
130 人文之旅　葉海煙著
131 生肖與童年　小　民著　喜　樂圖
132 京都一年　林文月著
133 山水與古典　林文月著
134 冬天黃昏的風笛　呂大明著
135 心靈的花朵　戚宜君著
136 親　戚　韓　秀著
137 清詞選講　葉嘉瑩著
138 迦陵談詞　葉嘉瑩著
139 神　樹　鄭　義著
140 琦君說童年　琦　君著
141 域外知音　張堂錡著
142 遠方的戰爭　鄭寶娟著
143 留著記憶・留著光　陳其茂著
144 滾滾遼河　紀　剛著
145 王禎和的小說世界　高全之著
146 永恆與現在　劉述先著
147 東方・西方　夏小舟著
148 嗚咽海　程明琤著
149 沙發椅的聯想　梅　新著
150 資訊爆炸的落塵　徐佳士著
151 沙漠裡的狼　白　樺著
152 風信子女郎　虹　影著
153 塵沙掠影　馬　遜著
154 飄泊的雲　莊　因著
155 和泉式部日記　林文月譯・圖
156 愛的美麗與哀愁　夏小舟著
157 黑　月　樊小玉著
158 流香溪　季　仲著
159 史記評賞　賴漢屏著
160 文學靈魂的閱讀　張堂錡著
161 抒情時代　鄭寶娟著
162 九十九朵曇花　何修仁著
163 說故事的人　彭　歌著
164 日本原形　齊　濤著

221

在綠茵與鳥鳴之間

鄭寶娟　著

不論是走訪歐洲歷史遺跡有感，或抒發旅法思鄉情懷，抑或中西文化激盪的心得，作者以其一貫獨特的思考與審美觀，發為數十篇散文，澄清的文字、犀利的文筆中，流露著一種靈秘的詩情與浪漫的氣氛，讓讀者在綠茵與鳥鳴之間享受有深度的文化饗宴。

222

葉上花

董懿娜　著

讀董懿娜的文章，如同接受心靈的浸潤。生活的點滴，藉她纖細敏感的筆尖，便能在心中蕩起圈圈漣漪；娓娓的傾訴，叫人不禁沉入她的世界。在探求至情至性的同時，重新面對自己，循著她的思緒前進，彷彿也走出了現實的惱人，燃起對生命的熱情。

223

與自己共舞

簡宛　著

「與自己共舞，多麼美好歡暢的感覺！」長年旅居海外的簡宛，以平實真誠的筆調，與讀者分享「接納自己、肯定自我」的喜悅。書中收錄作者多年來與自己共舞的所思所感，包含對婚姻、家庭、自我成長的探討，值得讀者細細品味這分坦率至情的人生智慧。

224

夕陽中的笛音

程明琤　著

我們從本書中可領略程明琤對於生命的思索與感受，對於文化的關懷珍視，她更以廣闊的角度引領讀者去探索藝術家的風範和多彩的人文景致。讀她的文章不只是欣賞她行文遣字的氣蘊靈秀，真正觸動人心的是她對眾生萬相所付注的人文情懷。

225

零度疼痛

邱華棟　著

「我發現我已被物所包圍，周圍一個物的世界，它以嚇人的速度在變化更新，似乎我的生活已經事先被規定、被引導、被制約、被追趕。」作者以魔幻的筆法剖析現代人被生活擠壓變形的心靈。事實上，我們都是不同程度的電話人、時裝人、鐘錶人……。

226

歲月留金

鮑曉暉　著

以滿盈感恩的心，追憶大時代的離合悲歡，及中國這片土地的光輝與無奈；用平實卻動人的文字，記錄生活的精彩，和對生命的熱愛與執著。作者將歲月中的點滴與感動，譜成這數十篇的散文，讀來令人低徊不已，並激盪出對生命的無限省思。

227

如果這是美國

陸以正　著

面對每天新聞報導中沸沸揚揚的各種話題，您的感想是什麼？是事不關己的冷漠？還是無法判斷是非的茫然？不妨聽聽終身奉獻新聞與外交事務的陸以正大使，如何以其寬廣的國際觀點，告訴您「如果這是美國……」

228

請到我的世界來

段瑞冬　著

從七〇年代窮山惡水的貴州生活百態，到瑞典中西文化交流的感觸，最後在學成歸國的喜悅中，驚覺中國物質與思想上的巨大轉變，作者達觀的態度及詼諧的筆調，好像久違的摯友熱情地對我們招手：「請到我的世界來！」

229

6個女人的畫像

莫非 著

6個女人，不同畫像。在為家庭守了大半輩子門框後，他們要出走找回失落的自己，藉著幻想，藉著閱讀，藉著繪畫等等不同方式，讓心靈有重新割斷再連結的機會。盼能以此書，提供女人一對話的空間。

230

也是感性

李靜平 著

「人世間的很多事，完全在於你從什麼角度來看。」本書作者以幽默的口吻帶您挖掘出生活中的樂趣。不管是親情的交流或友誼的呼喚，即便是些雞毛蒜皮的小事，在她的筆下每個生活週遭的人物全都活絡了起來，為我們合力演出這齣喜劇。

231

與阿波羅對話

韓秀 著

自遠方來，我在陽光的國度與阿波羅對話。秋日午後的愛琴海波光粼粼，反射生命的絕代風采。這裡是雅典，眾神的故鄉，世人的虛妄不過瞬眼，胸臆間卻永遠有激情在湧動。殿堂雖已頹圮，風起之際，永恆卻在我心中駐紮。

232

懷沙集

止庵 著

「樹欲靜而風不止，子欲養而親不待」作者將對逝去父親的感念輯成本書。其間除了父親晚年兩人對談的點滴外，亦不乏從日常不經意處，挖掘出文學、生活的真諦。作者樸實的文筆，在現代注重藻飾的文壇中像嚼蘿蔔，別有一股自然的餘味。

233

百寶丹

曾焰 著

百寶丹，東方國度的神奇靈藥，它到底有多神妙？身世坎坷的孤雛，如何在逆境中自立，成為濟世名醫？一部結合中國傳統藥理與鄉野傳奇故事的長篇小說，一段充滿中國西南邊疆民族絕代風情的動人篇章。

234

矽谷人生

夏小舟 著

生命流轉，人只能隨波逐流。細心體會、聆聽、審視才能品嘗出人生的況味。從中國到美國，從華盛頓到矽谷，傳統與現代，寧靜與繁華，作者以雋永的文筆，交織出大城市裡小人物不平凡的際遇和生活中發人省思的啟示，引領讀者品味異國人生。

235

夏志清的人文世界

殷志鵬 著

在自己的婚禮上，會說出「下次結婚再到這地來」的，大概只有夏志清吧！這位不在洋人面前低頭的夏教授，以其堅實的學術專業，將現代中國小說推向西方文學的殿堂，他蓄滿對生命的熱情，打了兩次精采的筆仗……快跟著我們一起走入他的人文世界吧！

236

文學的現代記憶

張新穎 著

五〇年代的臺港兩地，在自由風氣的帶動下，中外文學相互影響，激起了一連串美麗的浪花；或許你我置身其中，而無法全然地欣賞到這場美景，亦或未能躬逢這場盛宴，作者以局外人的角度，用精鍊的筆法為文十篇，細數這場文學史的發展。

237

女人笑著扣分數

馬瑩君 著

這是一本愛情的「解語書」，告訴您女人為何笑著扣分數。馬盈君，一位溫柔敦厚的作者，以她理性感性兼至的筆觸，探討愛情這一亙古的命題。在芸芸眾生中，為我們解剖女人內心最深處的想法，及男人的愛情語碼，帶領我們找到千古遇合的靈魂伴侶。

238

文學的聲音

孫康宜 著

聲音和文字是人們傳情達意的主要媒介，然而聲音已與時俱逝；動人的詩篇卻擲地有聲，如空谷迴響，經一再的傳唱，激盪於千古之下。本書作者堅持追尋文學的夢想，用心聆聽、捕捉文學的聲音，穿越時空的隔閡與古人旦暮相遇。

239

一個人的城市

黃中俊 著

重慶的山水、上海的學府、北京的藝室、深圳的商海……作者清雅的文字，記載生活脈絡裡的悲喜哀樂，其中又埋藏著時代進步的兩難，讓人耳目一新。在個人的愁緒裡瀰漫著文化變遷的滄桑感，讀這樣的書寫，彷彿能聞到人生跋涉的新泥芳香……

240

詩來詩往

向明 著

逐著詩人的腳步，涵泳沉籍於文學溫厚勃鬱、神氣騰揚的繽紛世界中。軼事掌故精采而韻味無窮；文學批評深刻真摯而不尖削；作品剖析使人縱情浪漫綺想中幾欲漫滅……在古典與現代、東方與西方、批評及作品間交顯的文學，本書讓您一網打盡。

241

過門相呼

黃光男 著

敏感於事物變幻的旅者，洋溢著詩情的才華，細心捕捉歷史上的古拙韻味，透析了社會發展的步履，讓人宛如置身於包羅萬有的博物館裡。如果你厭倦了匆忙的塵囂，請翻開此書，讓典雅的文句浮載你到遠方，懷擁「過門更相呼，有酒斟酌之」的情境。

242

孤島張愛玲

蘇偉貞 著

張愛玲整個的生命就是從一座孤島到另一座孤島的漂流。在上海到美國之間，張愛玲在香港這座孤島的創作，承續了大陸時期最鼎盛的創作力道，是轉型到美國時期的過渡階段。藉由作者鍥而不捨的追索，為您剖析張愛玲這段時期小說的意涵及影響。

243

何其平凡

何凡 著

還記得那段玻璃墊上的日子嗎？在聯合報連續撰寫專欄逾三十年，當代臺灣最資深的專欄作家——何凡，以九十一歲的高齡，將這十年間陸續發表的文章集結成這本書。謙虛的他取其筆名的寓意，將這本小書命名為「何其平凡」，獻給品味不凡的——您。

244

近代人物與思潮

周質平 著

作者任教於美國普林斯頓大學東亞系，專研近代中國與胡適研究。書中篇章有民初民族主義澎湃的載道文學與林語堂性靈小品的對比，有美國九一一之後愛國主義與言論自由爭論的首尾起承……。在他筆下，近代人物與思潮，將如繪歷現於讀者面前。

245

孤蓬寫真

陳祖耀　著

在動亂的時代，未來二個字是無法寫落的，如風揚起的孤蓬，一任西東！是宿命的悲劇，作者生長在這樣的大時代，從逃土匪、抗日、剿共到大陸變色，隻身撤奔來臺，在無依的土地上，努力發芽、成長，至今巍然成蔭。其中酸甜鹹苦，請聽他娓娓道來……

246

史記的人物世界

林聰舜　著

兩千年前，司馬遷以絕妙的文才將人物的個別性典型化，同時在《史記》中蘊含許多別具創見的思想。今天，本書運用簡鍊的文字，重新演繹司馬遷筆下的人物，深入探究其文字下所寓含的真義，揭開《史記》的面紗，將帶我們一窺《史記》人物世界的堂奧。

247

美女大國

鄭寶娟　著

「美女本身就是個族裔，不管她來自哪個民族、哪個國家、哪個文化，美女這個族裔是獨立存在的，她們之間共有一套行為語碼……」一向冷眼觀察事物的鄭寶娟，這次將焦點放到「美女」上，有了如此的陳述，您還想知道更多知性的她對美女的更多看法嗎？

國家圖書館出版品預行編目資料

何其平凡:何凡散文／何凡著.－－初版一刷.－－臺北市；三民，民91
面；　公分－－(三民叢刊; 243)

ISBN 957-14-3559-7　(平裝)

855　　90021464

網路書店位址　http : // www. sanmin. com. tw

© 何　其　平　凡
——何凡散文

著作人　何　凡
發行人　劉振強
著作財產權人　三民書局股份有限公司
臺北市復興北路三八六號
發行所　三民書局股份有限公司
地址／臺北市復興北路三八六號
電話／二五〇〇六六〇〇
郵撥／〇〇〇九九九八——五號
印刷所　三民書局股份有限公司
門市部　復北店／臺北市復興北路三八六號
重南店／臺北市重慶南路一段六十一號
初版一刷　中華民國九十一年二月
編　號　S 81103
基本定價　參元陸角
行政院新聞局登記證局版臺業字第〇二〇〇號

ISBN　957-14-3559-7　(平裝)